POSÉIDON
LE TERRIBLE

MARTINE LAFFON

POSÉIDON
LE TERRIBLE

Flammarion jeunesse

Dans la même collection :

Héraclès le Valeureux, Françoise Rachmuhl
Déméter la Généreuse, Françoise Rachmuhl
Achille l'Invincible, Martine Laffon
Orphée l'Ensorceleur, Martine Laffon

87, quai Panhard-et-Levassor, 75647 Paris Cedex 13
ISBN : 978-2-0813-9421-6

RACONTE NOÉTIOS !

« Le vent brusquement gonfle notre voile et nous entraîne au large. Les vagues se déchaînent, frappant la coque de notre bateau. Le bois craque. Les cordages lâchent. La mort est à nos trousses, nous sommes perdus quand... »

Noétios, les cheveux en bataille, le visage tanné par le soleil et les embruns, l'œil brillant comme un éclat de lune, boit une rasade de vin au goulot de l'amphore. Les hommes autour du feu tendent leurs paumes rugueuses vers les flammes pour se réchauffer. Ils sont venus pour la veillée : le Balafré couvert de cicatrices de la tête aux pieds, le vieux Coureur de mer, Zoreille. Barbe grise et le Borgne avec celui que l'on surnomme le Petit parce qu'il est très grand, arrivent à l'instant et tout le monde se pousse pour leur laisser une place. Ils sont nombreux à faire escale sur cette île pour écouter Noétios qui les dévisage un à un. Il entend dans l'ombre le Manchot qui renifle tout le temps. Cette fois encore tous sont là.

— Eh bien, s'impatientent-ils, continue Noétios, que s'est-il passé ?

— Mon récit est terrible, cruel, effroyable, êtes-vous assez courageux pour l'écouter sans trembler ?

— Pour qui tu nous prends ? Pour des enfants qui traînent dans les jambes de leur nourrice ? l'interpellent les marins en riant.

L'amphore passe de main en main.

— Vous rirez moins lorsque vous connaîtrez la vérité et, où que vous alliez parcourant les chemins de la mer, dès que le vent secouera votre mât et que votre bateau tanguera submergé par l'écume, vous penserez à moi.

— Allez, décide-toi, réplique Zoreille en lui tendant l'amphore.

Un jeune matelot remet une branche de cèdre dans le feu. Alors Noétios verse sur le sol un filet de vin noir pour honorer le dieu des Océans, et commence :

— Sois satisfait Poséidon, murmure-t-il, et protège-nous sur Terre comme sur Mer, car c'est ton histoire que je raconte ce soir...

1

PREMIER SOIR : LE NAUFRAGE

— Ce jour-là, il y a si longtemps que ma mémoire pourrait bien me jouer des tours, mais non, tout est gravé là...

Noétios, d'un index sale, à l'ongle trop long, tapote son front plissé de rides et continue :

— L'aube se lève à peine. Les oiseaux de mer tournent déjà autour de notre bateau. Ils se demandent si nous sommes des pêcheurs ou des marchands, auquel cas nous serions moins intéressants ! Mais heureux de remonter l'ancre de pierre dormant depuis huit jours au fond de l'eau, nous prenons leur vol bruyant et leurs cris joyeux pour de bons présages. La veille, nous avons offert en sacrifice à Poséidon un beau cuissot de taureau en espérant qu'il nous donnera un vent favorable. Et le vent est là, ni trop fort ni trop faible.

— Embarquons rapidement ! crie Ponias. C'est lui qui tient la barre. Tous rejoignent leur place sur le banc des rameurs, excités par cette nouvelle aventure.

Peu à peu, nous nous éloignons de la côte et hissons le mât, puis la voile, traçant notre route vers le soleil levant. La mer est calme, trop calme peut-être... À bord, nous sommes vingt. Vingt hommes au torse large, aux muscles saillants qui n'ont peur ni des pirates ni de la houle. Ce sont des guerriers autant que des marins et ils manient la lance à pointe de bronze aussi bien que la hache, l'herminette ou le cordeau pour construire un navire. Le soleil est déjà haut lorsque l'un de nous s'inquiète.

— Ponias ! garde le cap droit, crie Mérion à l'avant du bateau.

— Je sais ce que j'ai à faire, réplique-t-il aussitôt, ce n'est pas toi qui vas m'apprendre à naviguer. J'ai sillonné la mer bien avant que tu ne sois né !

Et tout le monde rit. C'est toujours comme cela avec Ponias. Il est le seul maître à bord.

— Mais si, insiste Mérion, tu as dévié de ta route ! Regarde derrière toi le sillage du bateau, les dauphins qui nous accompagnaient ont disparu, tu es trop loin des côtes !

— Depuis notre départ, je tiens fermement ma barre, s'énerve Ponias, mes doigts en sont tout engourdis. Je n'ai pas changé de cap.

— Noétios, dis-lui toi ! s'insurge Mérion.

Aussitôt, je réalise que le bateau dérive dangereusement vers la haute mer. Je me précipite sur Ponias, lui arrache la barre des mains, la pousse à gauche pour changer de direction et revenir vers le rivage. Impossible, le navire ne répond plus.

— Affalons la voile et abaissons le mât avant qu'il ne soit trop tard et s'il le faut jetons l'ancre à la mer, ordonne Charis.

Mais le bateau poursuit sa course, seul.

— À vos rames ! s'affole Ponias.

Les hommes aussitôt à leur place courbent le dos sous l'effort. Leurs muscles sont douloureux, leur peau craquelée par le soleil et les embruns mais ils ont beau ramer, ramer encore à contresens, le bateau file sur la mer. Une force invisible l'emporte au-delà de l'horizon, vers un monde inconnu où le ciel est aussi noir que la mort. Bientôt le vent se lève, le tonnerre gronde. Le bateau tangue dangereusement sur la houle déchaînée. L'eau passe par-dessus bord. Mes compagnons trempés et ruisselants s'agrippent comme ils peuvent aux bancs, certains tentent en vain de retenir les sacs de cuir contenant les outres d'eau douce et les galettes de blé.

— Poséidon nous attaque ! s'écrie Charis. Écoutez, il hurle avec la tempête : « Marins orgueilleux je vais vous attraper au bout de mon trident et vous dévorer à pleines dents ! »

— Malheur ! Personne ne se souviendra de nous. Nos âmes hanteront les rivages sans jamais trouver le repos et nos os pourriront au fond de l'eau. Je suis jeune, je ne veux pas mourir noyé, se lamente Mérion, effrayé.

— Petit, on ne choisit pas sa mort ! le rembarre l'un des nôtres, crois-tu qu'elle est meilleure à la guerre, sur un champ de bataille, et que le soir venu, les chiens sauvages se partagent les cadavres ?

Soudain, une main divine arrête la course du Soleil, la nuit obscurcit le jour...

— C'est impossible Noétios, l'interrompt le Balafré.

— Impossible ! Vraiment ? Rien n'est impossible pour les dieux, lui répond Noétios. Son visage luisant éclairé par les flammes paraît tout à la fois sombre et mystérieux.

Au commencement des premiers temps, explique-t-il, Poséidon a combattu son père le dieu Cronos et ses Titans, avec ses frères Zeus et Hadès. Tous trois sortis vainqueurs d'une lutte farouche, détrônent alors leur père et se partagent l'Univers. Zeus régnera sur le Ciel, Poséidon sur la Terre et la Mer. Hadès sur le monde souterrain des Enfers.

— Moi, à choisir, je préfère peut-être le Monde sous-marin, ajoute Noétios et les marins l'approuvent en riant. Ce jour-là donc, lors de notre naufrage, Zeus aide son frère, c'est lui qui éteint la lumière du ciel ! D'accord ?

— Ne l'interrompez plus bande d'idiots, grogne Zoreille. J'embarque demain à l'aube et je veux connaître la fin de son histoire.

— Tu ferais mieux de rester sur l'île, parce qu'à mon avis une nuit ne suffira pas, lance un autre, moqueur.

— Silence maintenant ! s'énerve Petit qui remet des branches de cèdre dans le feu.

— Où en étais-je ? demande Noétios, en faisant semblant d'avoir oublié.

— Soudain, une main divine arrête la course du Soleil, la nuit obscurcit le jour, reprennent-ils en chœur...

— Eh bien, à votre avis, que va-t-il se passer ?

— ... !

Les hommes se taisent, embarrassés.

— Imaginez, poursuit Noétios, que nous sommes perdus dans un monde inconnu. Imaginez notre bateau secoué par la tempête, broyé entre ses mains glacées. Il est trop tard pour nous demander qui parmi nous a offensé Poséidon, oubliant de le prier ou de lui promettre en sacrifice une fois arrivé dans sa patrie le plus beau taureau blanc ! Le dieu en colère soulève les vagues de son trident, nous plonge dans des gouffres profonds. Il n'est plus le sauveur des marins mais leur persécuteur ! Quand vient l'heure noire de notre mort, même si nous avons surmonté tous les dangers, toutes les souffrances sur toutes les routes des poissons, avec nos navires fins et creux, même si nous savons manier la rame ou marcher à la voile, nous ne sommes pas maîtres de notre destin. Lequel d'entre vous n'a jamais pris la mer, la peur au ventre, craignant que sa femme ou ses enfants ne l'attendent en vain sur le rivage ou que ses vieux parents ne meurent de chagrin en apprenant son naufrage ?

Certains hochent une tête pensive, d'autres avalent une grande rasade de vin ou se frottent les yeux, émus.

— Courage ! s'écrie tout à coup Noétios.

Les marins sursautent, surpris.

— Courage ! répète-t-il. Il ne faut jamais désespérer ni des dieux ni des hommes, écoutez plutôt : Mes compagnons affrontent en héros l'épreuve que Poséidon leur impose. Pas un ne pleure, ni ne crie, ni n'insulte son dieu, le poing levé et menaçant. Et si Mérion le plus jeune de nous se mord les lèvres jusqu'au sang pour ne pas gémir, notre équipage résiste, s'entraide, cherche comment tenir face aux vagues qui déferlent sur nous en rugissant.

Poséidon le sait, ces hommes-là sont bons et justes. Les noiera-t-il comme des criminels ou leur révélera-t-il ce que personne ne soupçonne : la beauté de son royaume sous-marin ? Il hésite et se demande : ne vaudrait-il pas mieux qu'un seul d'entre eux découvre mon palais ?

Pendant que la tempête fait rage, le dieu décide de consulter la divine Amphitrite, son épouse. Elle aussi règne sur les Océans. Il ne faudrait pas qu'elle s'indigne d'apercevoir un être humain, sans écailles ni nageoires, dans les flots merveilleux de son domaine ! »

— Amphitrite, ma reine, regarde là-haut dans le miroir des eaux, il y a un navire..., lui demande Poséidon.

— Quoi encore ! répond-elle, agacée, tu vois bien que je suis occupée.

Tout à coup, Noétios mime une femme qui se coiffe, secoue sa tête, soulève ses cheveux, les remonte en chignon, les lâche, les brosse une fois encore.

— Un navire sur la mer, quelle découverte ! reprend-il d'un air pincé, en prenant une voix de fille.

Les marins éclatent de rire en se poussant du coude et le Manchot renifle à en perdre la respiration.

— Qui choisirais-tu... ? poursuit Poséidon.

— Comme époux ? Le plus beau !

— Tais-toi ! s'énerve le dieu vexé ou je les engloutis. Qui choisirais-tu pour visiter notre palais, un privilège qu'à ce jour aucun humain n'a obtenu ?

— Alors le plus intelligent, s'amuse Amphitrite.

— Non, le plus intelligent risquerait...

— De prendre ta place ? l'interroge-t-elle, l'air innocent.

Amphitrite s'approche de Poséidon, une étoile de mer accrochée dans ses cheveux ondulés, les lèvres pailletées de nacre. Ses yeux verts brillent d'un éclat mystérieux.

Elle est vraiment très séduisante, remarque Poséidon. Et il ne regrette pas de l'avoir épousée, même s'il a dû métamorphoser plusieurs hommes en dauphins pour aller la chercher au bout du monde où elle s'était réfugiée, croyant lui échapper.

— Tout cela, c'est du passé, soupire Poséidon, tu me conseilles quoi ma reine des Mers ? reprend-il.

— Si tu veux que l'on parle toujours de toi dans cent mille ans, lui répond Amphitrite, préfère un raconteur d'histoire, un peu menteur. Il embellira la réalité, mais peu importe. Ton frère Zeus, chaque jour plus orgueilleux, comprendra ainsi que pour les humains, tu es le plus grand des dieux et que tu le vaux bien. Il y a toujours un conteur parmi les marins (et Noétios se désigne du doigt à la plus grande joie de son auditoire). Oublie ton injuste colère, continue la reine des Mers, apaise la tempête, calme les flots et laisse ces matelots regagner sains et saufs leur patrie.

— Non, pas encore ! s'entête Poséidon, j'ai poussé leur bateau au-delà de l'horizon, pour savoir si malgré les épreuves que je leur enverrai, ils me resteront fidèles.

— Qu'ont-ils donc ces humains de plus que les autres ? Crois-moi, les mortels sont aussi versatiles que les dieux. Un jour, ils te prient, t'offrent cent sacrifices, le lendemain, ils te maudissent. À moins que ces vingt-là ne soient des êtres exceptionnels ! Mais, méfie-toi, les héros sont souvent protégés par d'autres divinités. Elles se vengeront sur toi des souffrances qu'ils endureront, à cause de toi...

— Tu penses à Athéna, la fille de Zeus, toujours prête à rivaliser avec moi ? Comme si le Ciel de son père ne lui suffisait pas, il faut aussi qu'elle me défie sur Terre et cherche à obtenir les villes que je convoite, en jurant qu'elle sera leur meilleure protectrice, enrage Poséidon.

— Va chercher ton conteur, montre-lui ton royaume et qu'il remonte des profondeurs ébloui par ta splendeur, lui conseille Amphitrite. Athéna attendra.

— Poséidon écoute sa femme. Il sait qu'elle a raison et vous le savez vous aussi, ajoute Noétios, l'air malicieux, les femmes ont toujours raison !

— Pas la mienne, riposte le Petit, provoquant aussitôt un brouhaha joyeux.

Noétios s'interrompt un instant et, sûr de son effet comique, l'interpelle :

— Dommage que tu n'aies pas épousé Amphitrite mais c'est vrai que tu n'as rien d'un dieu !

Tous s'esclaffent à présent. Il les dévisage à la lueur des flammes : depuis combien de temps ces hommes n'ont pas serré dans leur bras la femme qu'ils aiment ?

Brusquement, au milieu des rires, Noétios souffle dans une conque, ce coquillage si particulier, dont le son puissant comme une trompe résonne dans la nuit. Autour du feu, le silence revient.

— Marins, entendez cet appel sinistre ! reprend Noétios. C'est Triton qui annonce à son père la mort de trois de nos bons compagnons. À bout de forces, ils ont lâché prise et sont passés par-dessus bord. Nous n'avons pas pu les secourir. Frères d'aventure, nous nous retrouverons sur d'autres rivages, nous vous en faisons le serment ! ajoute Noétios, la gorge serrée, avant de continuer son récit.

Poséidon, au fond de son palais, entend la conque de son fils Triton.

— Par tous les serpents de mer ! jure-t-il embarrassé, avec cette Amphitrite qui me tourne la tête, Triton est arrivé trop tard pour calmer la tempête.

Mais en réalité, Poséidon sait que tout est sa faute. Alors il appelle ses plus fidèles dauphins.

— Trois humains ont péri dans les eaux noires de notre Royaume. Ni leur corps ni leur âme ne doivent errer ici. Accompagnez ces courageux marins jusqu'au port le plus proche de leur Monde et faites en sorte que des hommes les enterrent dignement. Ainsi ils partiront en paix au Royaume de mon frère Hadès, leur ordonne-t-il.

— Recroquevillés au fond de notre bateau, épuisés, les mains en sang, les yeux brûlés par le sel et le vent, nous attendons la mort. C'est à peine si nous entendons Triton souffler dans sa conque. Peu à peu pourtant, le clapotis de l'eau nous tire de cet effroyable cauchemar. La mer se calme. Le soleil à nouveau resplendit. Mes compagnons pleurent en silence ceux que les flots déchaînés nous ont pris. Nous regardons, le cœur serré, le mât brisé, la voile déchirée, les cordages de cuir inutilisables, les amphores d'eau douce en morceaux, les sacs de blé et de farine éventrés. Seules quelques rames taillées dans le chêne ont résisté à cet ouragan.

— Nous sommes perdus au milieu d'un monde inconnu, sans eau, sans nourriture, sans repère. Combien de jours allons-nous dériver avant de mourir de faim, de soif ou de devenir fous ? Pourquoi Poséidon nous a-t-il épargnés ? Il aurait dû nous noyer, murmure Cachis.

Autour du feu, les marins, le visage grave, retiennent leur souffle. Seul le craquement des dernières branches de cèdre trouble la nuit. Tous le savent, la mer est un lieu de souffrance. Noétios les tire aussitôt de leur tristesse :

— Eh là, je vous trouve bien songeurs, les interpelle-t-il. Toi là-bas, le Balafré... oui toi, et toi aussi Barbe grise... Passez-leur donc l'amphore qu'ils boivent à ma santé. Le voyage n'est pas fini. Souvenez-vous plutôt de la belle et divine Amphitrite. Allez ! Qu'a-t-elle dit à son mari ? Poséidon a besoin d'un conteur, un coureur de mers comme moi, beau, intelligent, courageux. Ne riez pas, ce n'est pas le moment !

Et Noétios souffle dans sa conque.

Les hommes aussitôt se détendent, se frottent le visage, étendent leurs mains et leurs jambes vers les braises rougeoyantes.

— À votre avis, les interroge Noétios, qui m'a offert ce coquillage et m'a appris à souffler dedans ?

— Ta mère ! lance le Manchot dans un fou rire général.

— Poséidon ? propose un autre.

— Non.

— Triton ? demande plus sérieusement un troisième.

— Toi le moqueur, essaye donc de souffler dans cette conque !

Mais sans attendre, Noétios module une musique si bouleversante que seul le fils de Poséidon et d'Amphitrite a pu lui apprendre à en jouer ainsi...

— Oui, Triton fut bien mon maître, affirme Noétios, car ce jour-là il m'a entraîné au fond de l'Océan. Alors, j'ai découvert ce qu'aucun humain ne connaîtra jamais... j'ai découvert...

— Eh bien, quoi ? Parle ! le pressent les matelots. Qu'as-tu découvert ?

— J'ai découvert... Mais il se fait tard, dit Noétios en se levant et c'est une autre histoire. Revenez demain soir.

— Noétios ! Continue Noétios..., le prient les marins déçus. Mais il a déjà disparu.

Sur le sable brillant, il ne reste à sa place qu'une conque nacrée.

2

DEUXIÈME SOIR : AU ROYAUME DE POSÉIDON

— Eh ! Vous voilà déjà installés autour du feu. Toi aussi, Zoreille, tu es là ! Tu ne devais pas embarquer avec ta cargaison d'huile d'olive et de vin, ce matin ? les interpelle Noétios, ravi de les retrouver.

— Descendre avec toi dans le royaume de Poséidon vaut toutes les cargaisons du monde, s'amuse le matelot, et les derniers qui arrivent à la veillée l'approuvent d'une tape amicale dans le dos.

— Alors, embarquons ! Mais n'oubliez pas, tout ce que je vous raconte est secret, n'allez pas le crier de port en port. Personne ne vous croirait. Gardez cette histoire comme un trésor, les prévient Noétios, et tous sont d'accord.

Alors il commence :

— Quand Triton apparaît à la surface de l'eau, je suis au fond du bateau, épuisé par la tempête et comme tous mes compagnons, je me demande ce que nous allons devenir. Triton nage si doucement que personne ne l'entend. Il se hisse sur le plat-bord de notre navire et nous observe, étonné.

Pourquoi Poséidon les a-t-il entraînés au-delà de l'Horizon ? se demande Triton. Quelle idée a-t-il derrière la tête ? Ces hommes courageux ne sont plus que dix-sept et ils ont tout perdu. J'ai peut-être une solution à leurs malheurs.

— En apercevant cet être agrippé à notre bateau de ses deux bras puissants, nous sommes pris de panique. Sa tête est couronnée de corail, ses longs cheveux luisants entremêlés d'algues tombent sur ses épaules. Ses yeux jaunes semblent phosphorescents, ses dents étincellent dans sa bouche entrouverte... Mais peut-être l'avez-vous déjà vu vous aussi tourner autour de votre navire en haute mer quand la lune miroite sur les vagues ?

Noétios interroge chacun en pointant son index, mais personne ne connaît Triton.

— Ah ! comment vous le décrire, poursuit-il. Les traits de son visage ont une certaine beauté, son buste est musclé. Mais, accrochées à sa taille, Triton n'a pas deux jambes mais deux queues de poisson, immenses et recouvertes d'écailles qu'il laisse flotter dans l'eau.

— Je suis le fils de Poséidon, nous prévient Triton, l'un de vos compagnons doit me suivre dans les profondeurs de son Royaume, ainsi l'exige le Maître des Océans.

— Nous avons déjà perdu trois hommes, plaide Ponias, un quatrième...

— Qui te dit qu'il ne reviendra pas ici vivant ? l'interrompt Triton.

Il me regarde si fixement que je tremble de peur.

— Toi, m'ordonne-t-il, suis-moi et vite ! Tu le sais, Poséidon n'est pas un dieu patient, il ne faudrait pas que d'un coup de son trident il réveille la tempête.

— N'y va pas Noétios, crie Mérion en larmes, c'est un piège.

Mais, pour sauver mes compagnons je lui réponds :

— J'accepte, Triton, mais à une condition...

— Quel affront, voilà maintenant que ce sont les humains qui posent leurs conditions aux dieux !

— Regarde dans quel état se trouvent notre équipage et notre bateau. Pourtant nous avons toujours sacrifié à ton père les plus beaux taureaux. Et, pris dans cette effroyable tempête, nous ne l'avons jamais insulté.

— Eh bien, voyons ? m'interroge Triton, méfiant. »

— Oui, je vous l'avoue, à cet instant je n'en mène pas large, continue Noétios en baissant la tête, la voix grave.

Il passe sa main sur ses yeux. Dans l'assistance, personne ne bouge, pas même pour recharger le feu.

Le sort de mes compagnons est entre mes mains alors je me lance :

— J'ignore pourquoi Poséidon me convoque dans son palais. Mes compagnons sont des hommes bons, Triton tu le sais, Poséidon aussi, promets-moi de les aider. Donne-leur des vivres, de l'eau douce, une nouvelle voile. Ils répareront leur mât, ils l'ont fait bien des fois, si tu leur offres une hache, une herminette et un cordeau. Ajoute encore...

— Quoi, s'énerve Triton en agitant si fort ses deux queues que le bateau en tangue, tu veux vraiment que Poséidon vous noie !

— Quelques rames en bois de chêne...

— On verra ! Et maintenant plonge et suis-moi. »

Quelqu'un tend une amphore à Noétios, il boit lentement, s'essuie les lèvres du revers de la main. Les marins attendent, observant chacun de ses gestes que la lueur du feu transforme en grandes ombres.

— Adieu mes compagnons ! s'écrie soudain Noétios. Je plonge et coule à pic. Bientôt je n'arrive plus à respirer. Mes poumons, ma gorge me brûlent. Mes oreilles bourdonnent de mille sons effrayants. De gigantesques poissons me frôlent.

Je vois leur ventre blanc, leur mâchoire puissante. Ils cherchent une proie. Où est Triton ? Il faut que je remonte à la surface. Mais soudain, deux mains m'agrippent par les pieds et m'attirent au fond de la mer. Je me débats pour me libérer et puis, plus rien... Je sombre dans les eaux noires.

Dans son palais, Poséidon fait les cent pas et rumine sa vengeance.

— S'il ne vient pas ce navigateur de malheur, je les embroche tous avec mon trident, tous les marins de tous les océans. Oui, embrochés comme un banc de harengs !

— Pour une fois, lui reproche Amphitrite la reine des Mers, que tu pourrais faire confiance à ton fils Triton. Mais non ! Tu en es incapable, toujours à soupçonner quelqu'un : un frère, une sœur, un oncle, un cousin, une nièce, un autre dieu.

— Ce n'est tout de même pas ma faute si Cronos mon père m'a dévoré dès ma naissance, enrage Poséidon. Alors, comment veux-tu que je fasse confiance à qui que ce soit ? Crois-moi, je sais bien que dieux et déesses complotent ensemble contre moi, là-haut, sur l'Olympe.

Mais dès qu'ils ont besoin d'un tremblement de terre ou d'un raz-de-marée alors ils sont prêts à me flatter : « *Ébranleur de la Terre, Maître des Océans, des sources et des rivières, toi dont la force est décuplée par ton trident, toi qui commandes aux vents, etc.* »

— Tu n'as aucune preuve de ce qu'ils mijotent entre eux. Et puis, s'ils complotent contre toi, complote contre eux ! Une petite guerre entre dieux, cela ne me déplairait pas, l'encourage Amphitrite.

— Aucune preuve ? Si ! s'insurge Poséidon. Souviens-toi, Athéna m'a humiliée pour obtenir la ville dont elle rêvait. Moi aussi je la voulais.

— Toujours cette vieille ritournelle : Athéna ! Athéna ! Cet humain que Triton est parti chercher te vengera. Il racontera aussi la traîtrise d'Athéna envers toi.

Mais Poséidon n'écoute pas Amphitrite.

— Je l'entends encore, susurre-t-il entre ses dents : Demandons à Zeus de nous départager ! Évidemment, Zeus est son père. Entre son frère et sa fille, qui choisira-t-il ? Devine ! Tu trouves cela loyal ?

— Moi ? Pas du tout ! avoue Amphitrite.

« Je vous lance un défi ! » nous propose le dieu des dieux, « mais, seuls les habitants de cette ville, choisiront leur vainqueur », s'enflamme Poséidon, le regard fier, le bras tendu, imitant Zeus. De quoi s'agit-il ? À vous d'inventer quelque chose qui leur sera utile, à partir de maintenant jusqu'à la fin des temps. À partir de maintenant jusqu'à la fin des temps ? répète Athéna. Je m'en souviens maintenant, non franchement, elle est bête ! ricane Poséidon. À partir de maintenant jusqu'à la fin des temps reprend Zeus, son père et mon frère, mais déjà, il comprend qu'elle va perdre contre moi. Parce que, moi, j'ai une idée extraordinaire, je vais inventer... »

— Le vin ! crie le Borgne.

— Passe donc l'amphore par ici, lui demande le vieux coureur de mer.

— Non, pas le vin, c'est un autre dieu, Dionysos, qui nous l'a donné et qu'il soit béni ! rectifie Noétios en se prêtant au jeu.

— Les femmes alors ? s'enhardit un jeune matelot. C'est vrai, se justifie-t-il, nous avons tous besoin d'elles pour naître.

— Né pour mourir oui ! Si tu trouves que c'est bien, lui réplique son voisin.

— Est-ce que cela nous servirait sur un bateau ?

Noétios répond non de la tête.

— Allez Noétios, ne te fais pas prier, dis-nous ce que Poséidon a inventé, le pressent les marins.

L'un d'eux se lève et recharge le feu. Aussitôt, les flammes montent hautes et légères ; elles éclairent le cercle où tous attendent impatients la suite du récit.

Noétios prend son temps. Il lève son poing droit, pour que tout le monde le voie et, lentement, déplie ses doigts : un petit cheval sculpté dans un bois d'olivier se cabre sur la paume de sa main.

— Oh ! laissent-ils tous échapper, surpris et ravis.

— Un cheval, c'est ce que Poséidon invente et devinez ce qu'offre Athéna aux habitants de cette ville tant désirée par les deux divinités ?

Noétios ne leur laisse pas le temps de répondre, il enchaîne :

— Un olivier ! Mais écoutez plutôt : rappelez-vous, Poséidon tourne et vire dans son palais, il discute avec Amphitrite de sa merveilleuse invention :

— Un cheval ! sauvage, libre, clairvoyant pour connaître le passé et l'avenir, et galoper plus vite que le vent jubile le dieu. C'est lui qui guidera l'âme des morts dans les ténèbres et offrira aux conteurs les plus belles légendes. Quel animal merveilleux ! Cheval céleste, il tirera le char des dieux. Cheval terrestre, il accompagnera l'homme, de guerres en conquêtes, de travaux des champs en voyages autour de la terre ! Franchement Amphitrite, peut-on rêver d'une meilleure invention ?

— Tu as raison, le flatte la reine des Mers, et plus d'un roi sur un champ de bataille, ayant vu mourir sous lui sa monture, s'écriera : « Un cheval ! Un cheval ! Mon royaume pour un cheval[1]. »

— Tu en es sûre ?

1. Richard III roi d'Angleterre (1452-1485). Citation célèbre de ce personnage principal d'une pièce de théâtre de William Shakespeare.

— Certaine !

— Alors, explique-moi pourquoi, ce jour-là, les habitants stupides de cette ville, choisissent l'invention d'Athéna : l'olivier ? enrage Poséidon.

— ???

— Parce qu'à vrai dire, ils n'ont pas vraiment besoin d'olive. Mais elle est la fille de Zeus et ils ont peur de déplaire aux dieux des dieux. L'olivier ! Athéna trompe habilement les humains en leur vantant que c'est l'arbre de la paix. Mais qu'est-ce qu'elle porte sur la tête ? Un casque de guerrier. Au poing ? Une lance à pointe de bronze. Et au côté ? Un solide bouclier. Alors, elle leur affirme aussi que c'est l'arbre de la force et de la victoire ! Et ils la croient. Eh bien, ajoute Poséidon qu'ils transportent maintenant leurs récoltes d'olives amères sur leur dos, pliés sous leur fardeau, ces mortels imbéciles ; qu'ils traînent leurs pieds dans la poussière et les écorchent sur les pierres. Ils auraient pu caracoler fièrement sur leur monture, s'ils avaient choisi mon cheval, mais non ! Ils ont eu peur de la puissance de cet animal, de sa fougue, de ses hennissements sauvages.

Je te le jure, ce n'est pas moi qui leur apprendrai à les dresser !

— Bien fait pour eux ! s'exclame Amphitrite.

— Et pour finir, ces habitants appellent leur ville : Athéna, Athènes, tout ce que tu voudras. Si ce n'est pas un complot entre Zeus et sa fille...

— Ils auraient dû la nommer Poséidon, ajoute Amphitrite. Méfie-toi cependant, peut-être qu'Athéna n'est pas aussi bête que tu ne le penses. À mon avis, la rusée pourrait bien enseigner aux humains à diriger ton cheval, en leur offrant un mors en or et des rênes de cuir, tout un harnachement qui ferait d'elle la déesse de l'Art équestre.

— Non ! Le cheval, c'est moi, s'écrie Poséidon orgueilleusement.

— Justement, le provoque la reine soupçonneuse, lorsque autrefois tu habitais plus souvent sur Terre que sous la Mer, tu ne te serais pas métamorphosé en étalon pour séduire Déméter ? Tu sais, la divinité des récoltes qui s'était transformée en jument...

— Moi, moi, bégaie Poséidon, mais, mais, pas du tout ! Tu vois ma reine des Mers que les dieux complotent contre moi, en racontant n'importe quoi.

— Ce n'est pas avec Déméter que tu as eu le cheval Arion, à la crinière rouge feu ?

— Euh, voilà Triton, ma belle, toussote Poséidon embarrassé, et devine qui est avec lui ?

— Votre raconteur d'histoires préféré, déclame Noétios en se levant d'un bond.

Il salue l'assemblée et, tenant le petit cheval en bois d'olivier par la crinière, il le fait galoper dans les airs, sous les acclamations des marins.

— Demain, leur promet-il, nous explorerons ensemble le Monde de Poséidon et, faites-moi confiance, il vous réserve encore bien des surprises...

3

TROISIÈME SOIR : PERDU DANS LES PROFONDEURS DE LA MER

Tous les marins, assis sur le rivage autour du feu, attendent Noétios. Certains se demandent si enfin ce soir ils sauront ce qui se passe dans le Royaume de Poséidon car même lorsque la mer est claire, ils n'en voient jamais le fond. Mais silence, voici Noétios :

— Marins, la nuit est belle mais oubliez les étoiles au-dessus de vos têtes, je vous entraîne dans les profondeurs des océans. Ouvrez grands vos yeux et vos oreilles car jamais vous ne revivrez une aventure pareille. Vous êtes prêts ?

— Oui, s'écrient-ils, joyeux.

— Méfiez-vous, nous allons chez un dieu terrible, vengeur, trompeur, parfois menteur. Et si son épouse est plus douce, elle est aussi rusée. Elle mène parfois son Poséidon par le bout du nez. Mais c'est une autre histoire.

— Tu en as mis du temps Triton, bougonne Poséidon, lorsque son fils arrive, Fais voir un peu, qui tu as trouvé dans ce bateau.

Triton souffle dans sa conque.

— Range ça, tu nous casses les oreilles avec ta trompe.

— Mais tu m'as toujours dit : donne un coup de conque pour prévenir que tu es arrivé. Mission accomplie !

Amphitrite s'avance à son tour :

— À quoi ressemble cet humain ? Il lui manque des nageoires et des écailles c'est certain, mais il est plutôt beau, s'amuse Amphitrite en tournant autour de moi.

Je n'ose pas bouger. Et Noétios roule des yeux, les bras plaqués le long du corps.

— Pourvu qu'il raconte des histoires, c'est tout ce que je lui demande ! grogne Poséidon. Par quoi commence-t-on la visite ? Triton, ne reste pas là les deux queues de poisson plantées dans le sable ! Montre-lui mon palais, les jardins de ta mère, je ne sais pas moi, la splendeur infinie de notre immense royaume. Dis-lui qu'il s'étend d'un bout à l'autre de la Terre qu'il est plus grand que le Royaume de Zeus, plus profond que l'Olympe est haute, et que moi, Poséidon, je suis plus puissant que mon frère, même si Zeus prétend le contraire.

— Oh ! Oh ! murmure Triton.

— Quoi : oh, oh ? s'emporte Poséidon.

— Triton fait allusion à l'affaire des Murailles, lui explique Amphitrite.

— Les Murailles ? Je ne comprends pas, tu parles de nos barrières de corail ?

Mais Amphitrite lui montre trois de ses doigts.

— Trident ? Muraille du Trident ? Muraille des doigts ? cherche Poséidon.

— Allons, fais un effort, l'encourage la reine des Mers, tu sais bien que les raconteurs...

— Aiment les racontars ! s'écrie Triton.

— Toi, on ne t'a pas sonné, hurle son père.

— Puisque c'est ça, décide Triton vexé, débrouillez-vous sans moi. Tu crois que je ne le sais pas : tu as construit les Murailles de Troie, continue Triton en agitant son index entre son pouce et son majeur.

— Et j'en suis fier, réplique Poséidon, piqué au vif.

— Tu connais le courage de ton père, ironise Amphitrite. Il voulait aider le roi Laomédon à protéger sa Cité des envahisseurs, des farouches guerriers qui l'attaqueraient de tous côtés.

— Mais c'est faux, s'étrangle Triton à voix basse.

— La vérité n'a pas d'importance, soupire Amphitrite, surtout ne révèle pas à ce navigateur que ton père, sa sœur la déesse Héra, et sa nièce, la fameuse Athéna, ont comploté tous les trois pour prendre le pouvoir. Prendre la place de Zeus, être le dieu des dieux et des hommes à qui tous doivent obéissance, c'était tentant.

Apollon aussi était de leur côté. Il a fallu qu'Égéon, cette immonde créature à cinquante têtes et cent bras, s'en mêle pour sauver Zeus. Voilà un monstre fidèle à son maître. Sans lui nous habiterions l'Olympe, dans le Ciel.

— Je connais la suite, chuchote Triton. Zeus gronde, tonne, lance des éclairs de colère. Le monde des hommes et des dieux tremble. « Comment ma propre famille peut-elle conspirer contre moi ? hurle-t-il dans tout l'univers. Je suis le dieu des dieux, sans moi Poséidon, tu serais encore dans le ventre de Cronos, notre père, qui t'a dévoré. C'est moi et moi seul qui lui ai fait prendre cette infâme potion pour qu'il te vomisse et que tu sortes de ses entrailles pour vivre enfin à l'air libre. Voilà ma récompense ! Pour ta peine Poséidon, je te condamne, et toi aussi Apollon, à habiter un an sur Terre comme de simples mortels. Vous construirez une muraille imprenable autour de la Cité de Troie. Celui qui en est roi, Laomédon, vous paiera pour votre travail un juste salaire... Je suis trop bon, mais vous me faites pitié, apprentis comploteurs. N'essayez pas de recommencer car cette fois ma vengeance sera terrible. »

— Tu veux la vérité Triton ? l'interroge Amphitrite, la muraille terminée, Laomédon ne les a jamais payés. Et surtout ne parle pas des Troyens à ton père, il les déteste et ne souhaite qu'une chose : les voir disparaître, tous tués à la guerre.

— Mais les Troyens n'y sont pour rien, constate Triton.

— Explique cela à Poséidon, il te répondra : tant pis pour eux ! Ils n'avaient qu'à bien choisir leur roi.

— Pourquoi parlez-vous à voix basse vous deux ? s'énerve soudain le dieu des Océans. Amphitrite, occupe-toi donc de tes affaires et toi, Triton, occupe-toi de ce mortel, qu'il découvre la beauté de mon royaume et de mon peuple sous-marin. Si c'est pour le laisser au pied de mon trône planté comme un rocher, il ne fallait pas le conduire ici... Moi je lui réserve une petite surprise qu'il n'est pas près d'oublier. Et nous verrons, ajoute-t-il jaloux, de qui, entre Zeus et Poséidon, les humains se souviendront.

— C'est quoi la surprise ? demande Triton.

— Une surprise, c'est une surprise, bon à rien, bougonne Poséidon. File maintenant. Et n'oublie pas de lui montrer la salle des épaves, ni celle des couronnes, ni celle des armes, ni celle des trésors, ni celle des perles, ni celle des miroirs de glace, ni celle des mers chaudes et des mers froides...

— Imaginez-moi au fond de la mer, reprend Noétios. Je suis un minuscule petit grain de sable perdu au milieu de la grande salle du Trône. Du sol au plafond, elle est recouverte d'or. Des miroirs d'argent ornent les murs, reflétant à l'infini dans les eaux aussi transparentes que du cristal le dieu des Océans et la reine des Mers.

Lui est assis sur un trône tout en or également. Son corps bleu-vert est drapé dans une longue tunique aux reflets scintillants. Ses cheveux bleus tombant sur ses épaules sont retenus par des algues tressées de coraux rouges. D'une main, il caresse sa barbe, de l'autre il tient fermement son trident. La reine, debout à côté de lui, est revêtue de voiles en lin blanc rebrodés de mille perles grises. Ils ondulent, semblables à la crête des vagues, à chacun de ses mouvements. Des bracelets de nacre tintent à ses poignets. Elle a posé sur sa chevelure dorée une couronne de pierres précieuses et ses yeux verts sont soulignés de paillettes étincelantes, comme le dessin de ses lèvres. Mais a-t-elle des jambes fines ou une queue de poisson ? Je ne saurai jamais. Quant à Triton, rappelez-vous, je vous l'ai déjà décrit lorsqu'il s'agrippait à notre bateau ; auprès de l'immense Poséidon, il a l'air d'un petit garçon !

Triton m'entraîne hors du palais. Des dauphins montent la garde devant la barrière de corail et ils se croisent en se saluant. Croyez-moi marins, j'ouvre grands mes yeux espérant un jour raconter à mes compagnons ce que je découvre stupéfait : le ballet incessant des grandes raies agitant leurs nageoires, la course folle des poissons jaunes, rouges, bleus, multicolores jouant dans des jardins plantés d'anémones des mers. Des poulpes géants discutent savamment avec des calamars, des nautiles avec leur coquille enroulée en spirale se promènent à pas lents... Tout un monde, tout un peuple merveilleux que nous, là-haut à la surface de l'eau, nous ne soupçonnons pas.

— Et les monstres ? Il y a des monstres au fond de l'eau ? l'interrompt Barbe grise, tu les as vus ?

— Sois patient bon sang ! s'exclame le Balafré, Noétios sort de la salle du Trône pour l'instant.

— Rechargez le feu, on ne voit rien, demande le Borgne.

— C'est vrai l'histoire des murailles de Troie ? se risque un marin, l'air farouche.

Noétios fait oui de la tête tout en avalant une bonne rasade de vin.

— Quelque temps plus tard, Poséidon lui-même a cherché à détruire cette muraille réputée invincible, pendant la fameuse guerre de Troie sous le règne du roi Priam, opposant les Grecs aux Troyens. Poséidon, m'a rapporté Triton, encourageait les guerriers grecs à tuer leurs ennemis, les poussait au massacre, espérant qu'il ne resterait pas une pierre de ce rempart, un si mauvais souvenir de sa propre défaite contre Zeus. Eh toi là-bas, oui, toi, Barbe grise, tu me demandes si j'ai vu des monstres ? Oh oui ! Triton n'a pas manqué de me les montrer, surtout Charybde et Scylla, deux rochers qui se dressent dans la mer et abritent deux monstres du même nom. Vous trembleriez de peur, croyez-moi, si vous les aperceviez. Charybde est la fille de Poséidon et de la divine Gaïa. Zeus l'a punie pour avoir volé le troupeau de bœufs du héros et demi-dieu Héraclès, qui lui-même l'avait volé à Géryon. Mais c'est une autre histoire. Héraclès est le fils de Zeus et d'une mortelle, vous comprenez maintenant pourquoi je baisse la voix alors tendez l'oreille.

— Zeus toujours Zeus, en travers de ma route, enrage Poséidon, quand il apprend que son frère a expédié Charybde sur les rives du détroit de Messine où elle vit désormais. Elle semble calme et bien paisible assise sous un figuier à contempler les vagues. En réalité, elle est très dangereuse.

— Trois fois par jour, la fille de Poséidon engloutit l'eau de ce détroit encadré par les deux immenses rochers et trois fois par jour, soudain, elle la recrache. Malheur aux marins qui passent à ce moment-là. L'eau monte si vite, le courant est si fort qu'ils sont projetés contre la roche Scylla où leur navire se fracasse. Scylla surgit alors. Ce monstre affreux à six cous de géants et une immense gueule armée de trois rangées de dents dévore tous ceux qui tombent à la mer. Elle n'en fait qu'une bouchée ! Mieux vaut ne pas s'aventurer par là, me conseille Triton. Vous voilà prévenus vous aussi, surtout n'engagez pas vos bateaux dans ce détroit car la mort vous y attend.

Et Noétios reprend une gorgée de vin.

Les marins songeurs se taisent. La mer, si belle soit-elle, leur réserve bien des pièges. Ils ont beau prier le dieu des Océans et la divine Amphitrite qu'un vent favorable gonfle leur voile pour naviguer droit devant et s'abriter au soleil couchant sur une île au peuple accueillant, quand gronde la tempête parfois des hommes pleins de haine préfèrent les voir se noyer plutôt que de les aider à tirer leur bateau sur le rivage...

Noétios les observe à travers les flammes. Ils ont le visage hâlé et la barbe en broussaille des coureurs de mer toujours prêts à se battre pour défendre leur honneur, toujours prêts à chanter quand le vin est léger, une fois parvenus à bon port. Demain peut-être ils reprendront leur voyage et ils se souviendront longtemps de ses récits, qu'ils écoutaient ensemble le soir à la veillée.

— Eh bien marins, les interroge Noétios, à quoi pensez-vous ? Qu'attendez-vous pour découvrir la surprise de Poséidon ? Auriez-vous peur ?

— Non, crient-ils en chœur.

— Vous le savez, reprend Noétios, le temps des dieux n'est pas celui des hommes. Le nôtre s'écoule lentement, le leur plus rapidement, si bien qu'en un seul de nos jours au fond de l'Océan, je peux visiter tout le Royaume de Poséidon et revenir dans son palais où il m'attend.

Triton, pour l'avertir de notre retour, souffle dans sa conque.

— Rien à faire, grogne Poséidon, voilà un son de trompe auquel je ne m'habituerai jamais et dire que c'est moi qui lui ai donné ce coquillage ! Il faut vraiment que les Néréides, les sœurs de ma belle Amphitrite, lui apprennent à en jouer avant que j'aie les oreilles cassées.

— Les Néréides, pour ceux qui l'ignorent, précise Noétios, ce sont ces divinités mi-femmes mi-poissons qui vivent dans une grotte sous-marine avec leur père, Nérée, surnommé le Vieillard de la Mer. Si vous les croisez chevauchant leur dauphin, faites leur signe car elles aiment protéger les marins.

— Alors le raconteur d'histoires, m'interroge brusquement le roi des Océans, tu as parcouru mon immense royaume et qu'en penses-tu ? C'est mieux que l'Olympe, non ?

Sans attendre ma réponse Poséidon poursuit :

— Mais tu n'as encore rien vu ! Triton pose cette conque et conduis cet humain dans mes écuries, je vous rejoins !

— Je me demande ce qu'il ferait sans ses chevaux, me murmure Triton, allons viens.

Nous arrivons à peine dans d'immenses écuries d'or que Poséidon s'écrie déjà :

— Ah mes quatre bons coursiers plus rapides que les quatre vents ! Personne ne peut vous rattraper, approchez mes braves.

Le dieu leur caresse l'encolure. Ses chevaux piaffent, impatients, martelant le sol de leurs sabots de bronze, secouant leur lourde crinière d'or. Ils hennissent les naseaux dilatés, le poitrail couvert d'écume, l'œil brillant.

— Certains pensent que les chevaux de Poséidon ont des queues de poisson mais ceux que j'admire ce jour-là ont des crins blancs ondulés et soyeux, précise Noétios à son auditoire avant de continuer :

— Attelez mon char, ordonne Poséidon, que je montre à ce mortel qui est le plus puissant des dieux.

— Les chevaux se cabrent, excités par leur prochaine course, leur mors d'or ajusté dans leur bouche. Poséidon me fait un signe :

— Monte que je mesure un peu ton courage, m'ordonne-t-il debout à l'avant de son char, les quatre paires de rênes de son attelage dans une main et son trident de l'autre.

— Agrippe-toi, me souffle Triton, et serre les dents. Ne lui montre jamais que tu as peur. S'il découvre que tu fermes les yeux, il t'abandonnera en plein milieu de la mer.

— Triton ! le prévient son père, j'espère pour toi que tu as choisi le bon raconteur d'histoires ! Attends-nous là et surtout ne souffle pas dans ta conque, mes chevaux détestent cela.

D'un claquement de langue, Poséidon encourage son attelage qui aussitôt nous emporte au galop.

Ses coursiers fendent la lourde masse des eaux pour surgir à la surface des vagues.

— Allez ! leur crie Poséidon orgueilleux, sûr de lui, grisé par la vitesse.

Les chevaux tirent sur leurs rênes, redoublent leurs efforts. Ils parcourent l'horizon, ils volent sur la houle blanche. À cet instant, qui pourrait battre à la course le char divin ? Le vent et les embruns cinglent mon visage, mes mains sont raides et glacées. Je grelotte et serre les dents mais je tiens bon.

Lorsque nous atteignons enfin le bout de la mer, Poséidon éclate d'un grand rire sonore, effrayant :

— Désormais, mortels, vous saurez qui est Poséidon ! hurle-t-il.

Et il défie le Ciel en brandissant son trident. Puis le dieu donne un ordre à ses chevaux et ils plongent dans les vagues pour revenir dans son royaume des profondeurs.

— Eh bien, m'interpelle le dieu, qu'en dis-tu marin ? Tu vanteras mes exploits à tes compagnons ? Tu vas remonter sur ton bateau sain et sauf, mais à une seule condition : que les humains surnomment désormais leurs navires rapides « les chevaux de la mer ». Ainsi ils n'oublieront pas que je suis l'inventeur du cheval et que je dirige vos bateaux comme les coursiers de mon char. Et si jamais tu ne leur racontes pas ce que tu as vu et vécu dans mon royaume, tu périras dans les eaux noires. Triiiiton ! Occupe-toi de lui et prépare tout ce qu'il t'a demandé pour réparer son mât, ses rames, sa voile ou je ne sais quoi. Offre-lui aussi une outre de vin et des galettes de blé au miel. Lui et ses compagnons chasseront un bon gibier à la première escale. En attendant, que tous boivent et mangent en mon honneur.

J'ai à peine le temps de réaliser ce qui m'arrive que Triton m'entraîne.

— Noétios, s'écrie derrière nous la reine des Mers. Tu pars sans me dire au revoir, me gronde-t-elle.

Je baisse la tête sans oser ni la regarder ni lui parler, elle est si belle.

— Mais c'est Poséidon... tu le connais, plaide pour moi Triton.

— Je sais, je sais... Ton père est vite jaloux même d'un simple mortel. Approche, poursuit-elle, et tends la main.

Troublé, je tends la main.

— Bien ouverte, s'amuse-t-elle.

Je l'ouvre grand.

Amphitrite y pose doucement une perle grise magnifique.

— En souvenir de moi, dit-elle, ne la perds pas !

Je veux la remercier, bafouille un ou deux mots, mais où est-elle passée ? Seules quelques paillettes dorées tourbillonnent encore dans l'eau. Mais quelques instants plus tard j'entends distinctement que quelqu'un m'appelle :

— Noétios ! Noétios !

J'ouvre douloureusement les yeux et entrevois le visage de Ponias penché sur moi. Il me secoue brusquement.

— Noétios, ah tu reviens à toi, j'étais si inquiet. Cela fait deux jours et deux nuits que tu délires au fond de notre navire. Mais nous sommes sauvés. Regarde ! Sous les bancs où nous ramons Cachis a trouvé des outils et Mérion des vivres. Tu ne me croiras pas, mais il nous reste une outre de vin et des galettes de blé.

Alors je me penche vers les eaux claires. Triton une dernière fois souffle dans sa conque rien que pour moi, avant de disparaître dans les eaux mystérieuses.

— Marins, vous voulez savoir ce que je serre dans ma main, ce soir ? murmure Noétios.

Tous se lèvent et s'approchent de lui.

— Eh bien voici !

— La perle d'Amphitrite, s'exclament-ils, ébahis.

— Allons, il se fait tard, ajoute Noétios en refermant sa main. Revenez demain soir, je vous révélerai quelle nouvelle épreuve nous envoya Poséidon, mais c'est une autre histoire.

4

QUATRIÈME SOIR : SUR L'ÎLE DE POLYPHÈME

Seul, près des cendres encore chaudes, Noétios contemple l'Océan. Les vagues pâles sous la lune viennent mourir une à une sur le sable. Les bateaux des marins attendent pour reprendre leur course. Noétios aperçoit leur coque rouge. Il devine les odeurs de leurs cargaisons, huiles, vins, poteries, blés, entassées sur le fond plat de leur navire. Combien de fois lui aussi a-t-il affronté la mer en allant d'île en île ?

— Eh bien Noétios, l'interpelle Zoreille, à quoi rêves-tu ? Que nous raconteras-tu ce soir ?

— Réveille le feu avec de bonnes branches, lui répond Noétios, car cette nuit je vous embarque pour l'île de Polyphème.

— Polyphème ?

— Oui ! Prépare de belles flammes car là-bas, les ombres des morts rôdent encore...

Quelques instants plus tard, les marins s'installent pour la veillée dans un désordre joyeux.

— Tout le monde est là ? les interroge Noétios, alors il est temps de partir. Souvenez-vous, commence-t-il en s'éclaircissant la voix, Poséidon provoquant une horrible tempête a poussé notre navire de l'autre côté de l'horizon. Nous sommes perdus mes compagnons et moi dans un monde inconnu mais Poséidon a pitié de nous et nous sauve. Vous savez pourquoi ?

— Tu lui racontes des histoires chaque soir ! lance un matelot.

Noétios fait non de la tête en riant.

— Tu es seul à supporter le son de la conque de Triton, s'amuse Petit, en bouchant ses grandes oreilles.

— Non plus.

— Tu aimes les chevaux ?

— Oui, mais ce n'est pas pour cela.

— Tu m'as parlé tout à l'heure d'une île, insiste Zoreille qui s'occupe du feu.

— Allez Noétios, commence, nous n'avons peur de rien.

— Ne faites pas trop les fiers, croyez-moi. Poséidon est comme la mer, un jour calme, le lendemain en colère. Un jour, il nous protège, le lendemain il fracasse nos navires. Le dieu des Océans nous laissera-t-il repartir dans le Monde connu ?

— Raconte Noétios ! scandent les matelots en se passant l'amphore de vin.

— Notre bateau enfin réparé, Ponias tente de se repérer au soleil, leur explique Noétios.

— Mettons cap à l'ouest, décide-t-il, le vent est favorable, nous trouverons bien une île pour débarquer et oublier nos souffrances.

Ponias cette fois encore tient fermement la barre et nos compagnons tirent sur la voile.

— À cette allure, nous trouverons bientôt un port, se réjouit déjà Mérion. Qu'en penses-tu Noétios ?

— Nous irons là où nous conduira Poséidon.

— Tais-toi ! Tu vas nous porter malheur ? bégaie Mérion, quand, brusquement, la brume se lève.

— Espérons que les fonds par ici sont profonds et que nous ne heurterons pas un rocher. Surveillez devant ! commande Ponias.

Mais le dieu une fois encore prend rapidement le contrôle de notre navire Mes compagnons affolés par ce même sortilège comprennent aussitôt que Poséidon nous tient et ne nous lâchera plus. Nous sommes condamnés à errer sur la mer au gré de ses caprices. Après une course folle, le bateau s'immobilise.

— Où sommes-nous ? crie l'équipage, épuisé.

— Sans doute sur l'île de Poséidon, Noétios me l'a prédit répond Mérion, le regard mauvais. C'est lui qui nous porte malheur. Tant qu'il sera à bord, jamais nous ne rentrerons chez nous.

— Ça suffit ! tranche Ponias. Personne n'est responsable de ce qui nous arrive ; c'est notre destin, nous ne pouvons rien contre les dieux !

— Descendons armés, j'aperçois au loin une montagne entourée de forêt, intervient Cachis, nous chasserons et repartirons rapidement. Que certains cherchent aussi une source d'eau douce sans s'aventurer à l'intérieur des terres, les habitants ici ne respectent peut-être pas les lois de l'hospitalité voulue par Zeus.

Tout à coup, le sol se met à trembler si fort que nous sommes projetés sur le sable.

— Poséidon, l'Ébranleur de la Terre, nous avertit qu'ici nous sommes chez lui, s'écrie Cachis.

— Offrons-lui une libation de vin, suggère Ponias et prions-le de nous épargner encore une fois. Si la chasse est bonne, nous lui donnerons le plus beau cuissot de cerf.

— Nous allons mourir échoués sur cette terre après avoir tant souffert sur la mer, se désespère Mérion.

Aussitôt je leur ordonne :

— Restez ici sur le rivage, moi je pars chasser et trouver une source. Si demain à l'aube je ne suis pas revenu, embarquez et fuyez.

— Jamais nous ne t'abandonnerons Noétios, me jurent mes compagnons, sauf Mérion.

— Faites ce que je vous dis sinon nous mourrons tous.

— Je marche, marche, marche longtemps, découvrant ici, là, et là encore des arbres fracassés. Plus je me rapproche de la montagne, plus j'entends distinctement des grognements inquiétants sans repérer pourtant une harde de cerfs, un sanglier solitaire ou un fauve poursuivant sa proie. Je suis seul au milieu de cette forêt sombre comme la mort. Et puis soudain, là sur le sol, les empreintes d'un monstre. Je cours à perdre haleine pour rejoindre le navire et mes compagnons. Trop tard ! Empoigné par un bras, perdant ma lance qui s'envole, je voltige dans les airs et gesticule dans le vide.

— Ah, ah, ah ! ricane un géant en me secouant, qui voilà ? Noétios le petit protégé de mon père, l'homme raconteur d'histoires. Si je n'avais pas peur des colères de Poséidon qui font trembler cette terre, je t'aurais bien avalé tout rond. Mais voyons un peu à quoi ressemble ce marin qui s'est aventuré dans notre Monde. Aussi minuscule qu'une mouche ! conclut-il en me posant brutalement au creux de sa main.

— Son visage est repoussant. Son nez plus volumineux qu'une colline. Sa bouche édentée et puante ressemble à une caverne. Des poils gros comme des arbres sortent de ses oreilles, ses cheveux sales se dressent en bataille. Et, au milieu de son front... au milieu de son front...

— Eh bien continue ! Noétios s'impatientent les marins autour du feu.

— Au milieu de son front, poursuit Noétios, un œil tout injecté de sang, aussi grand qu'un lac ou le cratère d'un volcan, que le géant agite en tous sens dans son orbite. Je suis prisonnier d'un cyclope... et pas n'importe lequel : Polyphème, le fils de Poséidon et de la nymphe Thoosa. Un géant carnivore. Il me flaire, babines retroussées, ouvrant déjà son énorme bouche dans laquelle j'aperçois, coincés entre ses dents, des sandales, un morceau de tunique, une épée. Le monstre a déjà dévoré des humains.

— Polyphème, non ! Pas manger ! Qu'est-ce que j'ai dit ? Pas manger ! Repose-le dans ta main ! Dans ta main ! gronde soudain Poséidon.

J'entends la voix du dieu mais il est invisible. Où est-il ?

— Mais j'ai faim moi ! ronchonne le Cyclope.

— Tu as des fromages de brebis et du lait plein ta caverne, réplique son père.

— Ça n'a pas le bon goût de chair fraîche...

— Tant pis. Maintenant Polyphème, explique-moi pourquoi je suis venu sur ton île ? Tu te souviens ? l'interroge Poséidon.

— Tu veux du fromage pour Amphitrite ?

— Non Polyphème, cherche un peu dans ta tête.

— Du lait ?

— NOOOON ! s'énerve Poséidon, le sol tremble sous les pieds du géant. Qui tiens-tu dans ta main ?

— Noétios, le marin raconteur d'histoires.

— Très bien et que doit-il savoir ?

— Que...

— Que... celui qui t'a attaqué le premier est...

— Ulysse ! hurle le Cyclope en tournant sur lui-même.

Il balance sa tête de haut en bas et me serre dans sa main jusqu'à m'étouffer.

— Polyphème, pas manger on a dit ! le reprend Poséidon plus calmement. Pose-le sur ton épaule et n'y touche plus.

D'une pichenette, Polyphème m'envoie sur son épaule.

— Dommage, grogne-t-il, ce marin a l'air bien appétissant.

— Noétios, poursuit alors Poséidon, j'avoue que sous la Mer tu m'as fait plutôt bonne impression. Amphitrite aussi t'apprécie et Triton pareillement. Mais je dois m'assurer que pour ce nouvel épisode des aventures de Poséidon sur Terre, tu choisiras le bon camp.

Je répète à voix basse : le bon camp ?

— Mais qu'il est bête ! Bête bête bête ! ricane Polyphème en secouant sa grosse tête.

— Silence ! hurle Poséidon. Qui aideras-tu Noétios ? m'interroge-t-il, un dieu ou un homme ? Es-tu prêt à chanter mes exploits divins ou à raconter n'importe quoi pour couvrir de gloire un humain ? Réfléchis bien : le sort de tes compagnons est entre tes mains. Mais avant, il faut que je t'explique : Polyphème est un monstre...

— Ouiiiiii ! répond le cyclope et ses grandes lèvres épaisses comme des murailles se fendent jusqu'aux oreilles.

— Un monstre, continue Poséidon, se comporte en monstre. Normal. Enfin, je veux dire normal qu'un monstre se comporte en monstre.

L'œil ensanglanté du cyclope tourne en tous sens sur son front et Polyphème conclut :

— Si je suis un monstre alors je peux manger Noétios !

— Non pas manger ! soupire Poséidon excédé, avant de poursuivre : mais comment appellerais-tu un orgueilleux qui se prend pour un héros et entre avec ses compagnons dans la caverne de Polyphème pour lui voler ses brebis et ses fromages ? Il sait pourtant que ce cyclope est mon fils et que je me vengerai, si quelqu'un touche à un seul de ses cheveux.

— Pas mes cheveux ! Mon œil ! Ulysse m'a crevé l'œil avec ma massue taillée comme un pieu, sanglote soudain Polyphème et ses larmes tombent en cascades sur le sol.

— Pas pleurer Polyphème, je te le remplacerai par un bel œil de taureau.

— Il sera trop petit, renifle Polyphème, essuyant sa morve avec ses doigts.

— Alors... De baleine, lui promet Poséidon. C'est gros un œil de baleine et en plus tu pourras voir sous l'eau.

Polyphème éclate d'un rire si énorme qu'il fait trembler la montagne

— C'est bien mon grand ! Tu veux que ton père soit reconnu comme le plus puissant des dieux, plus puissant que ton oncle Zeus ? Alors, pose le petit marin sur le rocher, là, juste en face de toi, et attends-nous dans ta caverne avec ton troupeau.

Le cyclope à regret, le dos voûté, les épaules tombantes, secouant sa grosse tête, monte vers sa grotte, me laissant seul perché sur mon rocher. Le soleil commence déjà à raser la cime des arbres, bientôt il fera nuit. Impossible de m'enfuir, les parois sont trop lisses pour descendre en m'agrippant. Si Poséidon m'abandonne, Polyphème me dévorera.

Comme j'aimerais à cet instant implorer : « Ô dieu je t'en supplie, délivre-moi ! Je raconterai toutes les histoires que tu voudras et ton nom sera célèbre d'un bout à l'autre de la Terre. Laisse-moi rentrer chez moi ! » Mais je me tais et serre les dents pour ne pas hurler de peur.

— Noétios, rugit soudain Poséidon, et le sol tremble encore. Je peux fendre en deux les montagnes, faire jaillir des sources, assécher des lacs, jeter dans la mer des morceaux de pierre pour créer des îles, mais je peux aussi poursuivre des années entières les hommes qui ne me respectent pas. Alors écoute-moi bien : Ulysse est un menteur, un vantard, un guerrier sans pitié toujours prêt à tuer, et devine qui le protège : la déesse Athéna ! Mais commençons par le commencement, ensuite, tu raconteras ce que tu voudras, la vérité dépend de toi. De toute façon, tout le monde sait qu'il n'y a pas d'histoires vraies...

— Ben oui, intervient un jeune matelot, une histoire de poisson c'est pas un poisson !

— N'importe quoi ! lui répond son voisin ! en lui envoyant un coup de coude

— Taisez-vous, on ne comprend plus rien, s'énerve quelqu'un.

— Mais ce que tu as vécu sur l'île Noétios, c'est vrai ou pas ? l'interroge le Manchot en reniflant.

— À votre avis ? répond Noétios.

— Tu nous as dit que Poséidon était invisible alors tu as peut-être rêvé, réplique Barbe grise.

— Attendons la fin ! propose le vieux coureur de mer, prudemment.

— Allez vas-y Noétios, continue !

— Où en étions-nous déjà ? reprend Noétios. Ah oui, Ulysse, l'homme aux mille ruses. Mais n'oubliez pas que ce soir, c'est Poséidon lui-même, par ma bouche, qui vous raconte la suite de cette histoire.

5

QUATRIÈME SOIR, AU MILIEU DE LA NUIT

— Imaginez-moi, perché sur mon rocher, et soudain à mes pieds un feu surgissant de nulle part, éclairant la montagne où le cyclope me guette. Imaginez encore la voix puissante du dieu résonnant dans la nuit :

— Pas question de dormir, raconteur d'histoires sinon...

— Sinon... je sais trop bien ce que cela veut dire et garde mes yeux et mes oreilles grands ouverts alors, à vous marins d'en faire autant...

Poséidon s'impatiente :

— Tu es prêt Noétios ?

— Je suis prêt !

— Aurais-tu peur de moi ? Crie plus fort je ne t'entends pas.

— Je suis prêt !

— Cela fait dix ans que les Grecs combattent les Troyens, assiégeant leur cité, m'explique le dieu, Ulysse roi d'Ithaque est de ceux-là. Il a quitté son île natale avec ses hommes pour prêter main-forte au roi Agamemnon. Tout cela pour Hélène, une très belle femme, qu'un Troyen, Pâris, fils du roi Priam, a enlevée pendant que son mari le roi Ménélas était parti. Quel idiot ! Qu'en penses-tu ?

Je me garde bien de donner mon avis.

— N'oublie jamais Noétios, m'avertit Poséidon, que les dieux sont querelleurs. Les uns soutiennent les Grecs, les autres les Troyens et ils se battent entre eux. Mon frère Zeus, au début, ne prend pas parti : un jour il aide les Grecs, le lendemain les Troyens, prétextant que tous le prient dans leurs temples et le respectent. Moi, pour des raisons secrètes et personnelles, je hais Troie, son roi, ses fils et ses soldats. J'encourage donc les Grecs et sème la panique parmi leurs ennemis, poursuit le dieu. Si tu m'avais vu Noétios sur mon char, parcourant le champ de bataille ! J'écrase les Troyens comme des fourmis, insensible à leurs cris. Rien ne me résiste, ni les lances, ni les solides boucliers de bronze ; aucun coursier ne peut rattraper mes chevaux, s'amuse Poséidon. Mais au bout de dix ans de guerre, reprend-il, toujours pas de vainqueur.

— À cet instant, avoue Noétios aux marins, j'ai si peur que les battements de mon cœur s'affolent. Poséidon n'a aucune pitié, je suis à sa merci. J'entends rôder les ombres des morts autour de moi et, au loin, les ronflements ignobles de Polyphème dormant déjà dans sa caverne. Mais le dieu, sans se soucier de moi, continue son récit :

— Un jour Athéna, lassée par les combats, rejoint l'Olympe pour supplier son père de donner la victoire aux Grecs et à son héros favori, Achille. Il est le fils de la nymphe et divine Thétis que Zeus a aimée autrefois. Je te l'ai déjà dit Noétios, Zeus passe tous ses caprices à sa fille. Alors il lui cède et décide que les Troyens seront les vaincus. Pour une fois, cela m'arrange aussi.

Athéna convoque aussitôt Ulysse. Elle lui révèle comment gagner la guerre en entrant dans Troie avec un immense cheval de bois, bourré de soldats. Mais le jour de la victoire, Ulysse prétend que le cheval de bois c'est lui, que c'est une de ses mille ruses, et triomphe en héros. Menteur ! tonne Poséidon, si violemment que mon rocher se fend. Troie brûlée, ses habitants massacrés, les Grecs vainqueurs rentrent chez eux. Leurs navires sont pleins à craquer de trésors pillés, de femmes, d'esclaves. Ulysse, comme tous les Grecs, reprend la mer avec ses compagnons, pour revenir à Ithaque couvert de gloire.

— Tu m'écoutes toujours Noétios ou tu dors ? Attention sinon..., grogne le dieu. Ulysse crie-t-il soudain, tu te crois le plus fort ? Imbécile ! Sur le chemin du retour, tes navires chargés de butin, tu pilles encore les braves Cicones. Attaqués, ils défendent leur île, leurs femmes et leurs troupeaux, tuant six de tes compagnons. Dix ans de guerre ne t'ont donc pas suffi ! Les dieux à l'unanimité en ont assez de tout ce sang versé, de ces mortels qui partout où ils passent se comportent en barbares. Un roi doit être un homme juste, s'il veut gouverner. Ce n'est pas vraiment ton cas, Ulysse. Va donc faire un tour avant de revenir chez toi, ça t'apprendra à vivre ! ricane soudain Poséidon.

Ulysse et ses compagnons sont aussitôt entraînés dans un monde mystérieux, celui des magiciennes et des monstres, celui de mon fils Polyphème. Bien fait pour lui ! Tu m'entends Noétios ? Pas un de ses guerriers ne reviendra chez lui serrer dans ses bras une femme, un fils. Ah ! Ulysse peut raconter ses exploits à qui veut l'entendre, moi je connais la vérité et pourquoi lui seul s'en est sorti. Personne ne le soupçonne de les avoir trahis et pourtant...

— Eh bien marins, s'interrompt tout à coup Noétios, si vous voulez connaître la suite de cette histoire, mettez des poissons à griller sur les braises et partagez le pain, car la nuit s'avance et mon récit commence à peine. Je vois que certains bâillent et que d'autres s'endorment déjà, alors à demain ! les provoque-t-il, en se levant.

— Non ! Reste ! s'écrient-ils tous en riant, nous avons de quoi tenir jusqu'à l'aube avec des galettes de blé, des olives et du vin doux. Bois Noétios, ta gorge doit être sèche !

— Et toi tu n'as pas sommeil ? l'interroge le Balafré.

— Moi ? réplique-t-il, je dois ouvrir grands mes yeux et mes oreilles. Pas question de dormir ! Poséidon éprouve mon courage, je le sais. Triton m'a averti : « Serre les dents. Ne lui montre jamais que tu as peur ! »

Je serre les dents à m'en casser la mâchoire pendant que le dieu m'affirme :

— Noétios, tu vas comprendre pourquoi Ulysse est tout sauf un héros. Lorsqu'il débarque sur l'île de Polyphème, il n'a qu'une idée en tête : voler, piller, se battre. Ses hommes ne veulent pas le suivre. Rentrons Ulysse, lui disent-ils, la route est encore longue avant de retrouver notre patrie. Mais lui insiste :

— Explorons d'abord cette caverne là-bas dans la montagne ! Il n'y a aucun danger ; nous sommes armés et si un monstre surgit, nous le terrasserons.

— À quoi bon risquer notre vie, répliquent ses compagnons, six des nôtres sont déjà morts.

— Bande de lâches, les insulte Ulysse, que les plus courageux me suivent !

— Voilà ce que tu dois raconter Noétios, parce que c'est la vérité, s'emporte le dieu : l'histoire d'un paisible berger, d'un brave cyclope qui revenant dans sa caverne trouve Ulysse et ses compagnons en train de le voler. Avoue que toi, tu te serais mis en colère, mais tu connais Polyphème, il garde sagement son calme.

Je me dis que oui, je connais Polyphème, je ne le connais que trop !

— Ulysse lui demande l'hospitalité, commente Poséidon. Polyphème accepte. Ulysse lui offre du vin (il en a emporté une outre pleine)

Polyphème, poli, trinque avec lui. Mais ce traître d'Ulysse l'enivre pour mieux le piller et s'enfuir avec ses brebis. Pas de chance Ulysse ! Polyphème comme chaque soir a fermé sa caverne avec une pierre aussi haute que lui et voilà le héros prisonnier avec ses hommes. Ils sont tous terrifiés car, sans le faire exprès, mon fils a déjà croqué plusieurs de leurs compagnons. À force de boire du vin, on ne voit plus très bien et Polyphème n'a qu'un œil. Tu comprends Noétios, rugit Poséidon.

Je fais oui de la tête, sans desserrer les dents...

— Ulysse s'acharne alors sur Polyphème qui dort profondément. Ce lâche et cruel lui crève son pauvre œil de géant, transformé en une mare de sang. Quel exploit de s'attaquer à plus faible que soi !

— Mais un cyclope est plus...

— Mais, mais, quoi, Noétios ? Qui est le criminel ? Qui est la victime ? Réfléchis bien avant de parler ! Imagine la douleur de Polyphème quand il se réveille aveugle. Et s'il attrape encore quelques humains et les dévore, c'est parce qu'il les confond avec ses fromages.

— La faute à qui, Noétios ? À cet Ulysse qui se croit plus malin que les autres. C'est facile de tromper un aveugle et de s'enfuir à toutes jambes. Il a déjà rejoint son navire et prend la mer quand Polyphème lui demande son nom. Je suis Ulysse l'homme aux mille ruses ! clame-t-il, fier de lui.

— Ah oui ? Puisque tu es si rusé, avoue à tes compagnons combien d'hommes sont morts dans ta petite expédition. Ulysse, tu as agressé mon fils Polyphème, ma vengeance sera terrible ! s'emporte Poséidon. Partout où tu iras sur la Mer, je te poursuivrai de ma colère ! Crois-moi tu connaîtras la peur, la faim, la soif, le désespoir ; tu verras mourir un à un tes amis et tu ne reviendras jamais dans ta patrie, gronde Poséidon dans un hurlement assourdissant. Fin de l'histoire ! ajoute-t-il brusquement.

— Comment cela ?

— Fin de l'histoire, j'ai dit.

Et puis, après un long silence, Poséidon ajoute :

— Je le poursuis sur la mer où il erre pendant dix ans. Je déchaîne tous les vents, toutes les tempêtes, fracasse son navire, submerge son radeau, je veux qu'Ulysse meure, noyé, englouti, qu'il disparaisse à jamais dans les profondeurs de mon royaume. Mais Athéna, Athéna, toujours elle, le sauve à chaque fois. Dire que c'est elle qui a eu l'idée d'un cheval de bois alors que le cheval c'est moi ! Un jour, je t'aurai Ulysse, crois-moi. Athéna ne pourra rien pour toi, tu ne m'échapperas pas...

— Venge-moi, père ! Mets-toi en colère ! Que la terre tremble, qu'un raz-de-marée balaye l'île d'Ithaque et son roi ! s'écrie alors le Cyclope surgissant de sa caverne, sale, hirsute, sentant le fromage et le fumier.

Puis Polyphème se ravise et demande :

— Tu es certain Poséidon que Noétios n'est pas un des compagnons d'Ulysse, parce qu'ils étaient rudement bons.

— Pas manger le petit marin, Polyphème ! Pour l'instant, j'ai encore besoin de lui.

— Et mon œil de baleine ? Tu me l'as promis.

— Ne t'inquiète pas mon fils, promis c'est promis. Tu reverras l'aube bleutée se lever sur les prairies en fleurs, tu reverras la blancheur soyeuse de tes brebis… Allons, sois courageux, ne pleure pas. Poséidon est un grand dieu, plein de bonté, tu peux compter sur lui, ajoute Poséidon d'un ton si comique qu'il me ferait rire si la situation n'était pas si tragique.

— Maintenant Polyphème, il faut que je reparte dans mon royaume des Mers, Amphitrite m'attend.

— Noétios s'en va lui aussi ? l'interroge le Cyclope.

— Eh oui, répond Poséidon, ainsi va la vie.

— Bah alors, j'ai quelque chose pour lui…

— Pas manger Polyphème !

— Non pas manger ! Tiens, pour lui.

— C'est gentil mon grand, le flatte Poséidon, mais c'est quoi ?

— Surprise ! Noétios, tu ouvriras ce sac de berger, plus tard, quand tu seras chez toi.

Et d'une chiquenaude, le Cyclope m'envoie dans les airs.

— Polyphèèèèèèème, crie Poséidon qui me rattrape au vol et me pose doucement sur le rivage près de mon navire.

— Cette fois, le dieu aux cheveux et à la barbe bleus est bien là, devant moi, son trident à la main. Les chevaux de son char piaffent d'impatience au bord des vagues mais avant de plonger dans la mer, Poséidon se retourne et me fait un clin d'œil. Puis il disparaît dans les profondeurs de son royaume. Impatient, j'ouvre le sac, cherche au fond le cadeau du cyclope, le cœur battant, pensant que c'est peut-être un piège...

— Montre, c'est quoi ? l'interrogent les marins.

Noétios attrape le sac de berger caché derrière son dos. Il en desserre les liens de cuir, plonge sa main dedans et en sort :

— Un œil ! C'est dégoûtant ! s'écrient les hommes, horrifiés.

— Oui, mais pas n'importe quel œil, celui de Polyphème ! leur affirme Noétios en leur montrant à la lueur des flammes.

— C'est une pierre ! devine tout à coup le Balafré.

Tous parlent en même temps :

— Fais voir Noétios, où l'as-tu trouvée ?

— Et vous savez à quoi elle sert ?

— Non ! À faire peur ?

— À chasser le mauvais œil ! affirme Noétios.

— Alors c'est un porte-bonheur, conclut quelqu'un.

— Si vous peignez l'œil de Polyphème sur la coque de vos navires, Poséidon comprendra que vous connaissez son histoire et il vous protégera, croyez-moi !

— C'est vrai Noétios ?

— À votre avis ?

Et, se levant d'un bond, il range la pierre dans son sac, les salue et disparaît dans la brume de l'aube, laissant là les marins stupéfaits.

6

CINQUIÈME SOIR. DANS LE LABYRINTHE DU MINOTAURE

La lune joue sur les vagues. La nuit est claire. Seuls deux chiens se poursuivent sur le rivage. Personne n'est venu ce soir écouter les histoires de Noétios et le feu est mort. Déçu, il s'en va, quand soudain, près de lui, des dizaines de torches s'allument.

— Noétios regarde ! l'interpellent les marins en l'entraînant vers leurs navires.

Tous ont peint sur leur coque un œil grand ouvert pour traverser les mers et ils s'amusent de voir Noétios si ému.

— Eh bien ! s'exclament-ils, toi qui d'habitude as la langue bien pendue, te voilà muet ?

— Que Poséidon vous protège du malheur où que vous alliez, leur souhaite-t-il gravement.

— Maintenant, tous à la veillée ! lance Barbe grise, et c'est la bousculade à celui qui arrivera le premier. Le feu vite allumé, les marins s'assoient en cercle sur le sable.

— Où partons-nous ce soir Noétios ? l'interroge Petit.

— Souvenez-vous, après cette chiquenaude du Cyclope qui m'envoie dans les airs, je reviens sain et sauf près de mes compagnons, grâce à Poséidon. Par un étrange prodige, le dieu a rempli notre navire de gibier et d'outres d'eau douce. Il veut peut-être me faire oublier l'île de Polyphème, son fils mangeur de chair humaine, à moins que notre prochain voyage ne soit beaucoup plus long..., commence Noétios, ravi de leur raconter de nouvelles aventures. Nous ne savons pas encore que le dieu des Océans nous entraîne cette fois en Crète, pour une sombre histoire de mensonges et de trahison et ce n'est pas ce que préfère Poséidon ! Je vais vous expliquer pourquoi.

Après bien des jours et des nuits à naviguer, un matin, Ponias aperçoit au loin un palais dominant un port.

— Faisons escale ici, propose-t-il, nous nous ravitaillerons en viandes, en olives, en vin et nous profiterons un peu des plaisirs de la vie. Qu'en dites-vous ?

— Nous sommes enfin revenus parmi les humains, se réjouit Mérion. Fini les tempêtes et les tremblements de terre sur des îles maudites !

— Que les dieux t'entendent, murmure Cachis, méfiant.

— À vrai dire, nous sommes tous excités de retrouver la terre ferme et sans doute des habitants plus accueillants que Polyphème. L'un d'eux d'ailleurs, les cheveux et la barbe bien taillés, vêtu d'une longue tunique de lin rouge, s'approche déjà pour nous souhaiter la bienvenue.

Il nous offre du vin dans des coupes de bronze ornées de taureaux dorés.

Mais pris tout à coup d'un étrange pressentiment, je ne bois pas. Mes compagnons eux trinquent joyeusement tandis que l'inconnu les ressert et leur vante la beauté du palais appartenant, dit-il, au roi Minos qui nous attend.

— Minos ? Mais il est mort depuis longtemps ! me souffle Ponias inquiet. Où sommes-nous ?

Il a à peine terminé sa phrase qu'il tombe sur le sol, et s'endort profondément, mes compagnons veulent le relever mais ils s'affalent, à leur tour.

— Ah, ah ! Bonne nuit marins, dormez bien, s'esclaffe l'inconnu. Alors Noétios, tu n'apprécies pas mon vin.

— Pas celui-là ! Qui es-tu ? Que me veux-tu ?

— Vérifier si tu es malin ? Ordre de Poséidon !

— Malin, malin, mais tous les raconteurs d'histoires sont malins. Ils ont plus d'un tour dans leur sac.

— Tsss tss, réplique l'inconnu, prouve-le, sinon tes compagnons dormiront à jamais ! Et il m'entraîne dans la ville près du port.

Elle est déserte et silencieuse ; quant au palais aperçu de notre navire, il est en ruine. L'herbe pousse entre les dalles des salles immenses et vides Les colonnes s'effondrent, les toits sont défoncés. La pluie a effacé les fresques décorées d'acrobates bondissant sur des taureaux.

— Noétios, te voilà enfin ! me reproche Poséidon.

Comme sur l'île de Polyphème, je l'entends mais je ne le vois pas.

— Franchement, rit le dieu, tu ne croyais tout de même pas que j'allais te laisser tranquille ! Prouve-moi une troisième fois que tu es bien le meilleur des raconteurs d'histoires et que Triton a eu raison de te choisir au fond de ton navire, pour vanter mes exploits. Tu vois ces murs là-bas, ils dissimulent l'entrée d'un labyrinthe construit autrefois pour le roi Minos par Dédale, un architecte grec très malin. Dans ce labyrinthe vit toujours le célèbre Minotaure...

Un horrible grognement de bête sauvage l'interrompt.

— Couché le monstre ! ordonne le dieu, il fait l'intéressant mais il n'est pas méchant. Le Minotaure, c'est le taureau de Minos, mi-homme mi-taureau. Une créature de mon invention, avec une tête de taureau sur un corps humain. Pas mal non ? Si tu le trouves, tu repartiras chez toi sinon... Je te donne un indice ajoute le dieu : « *Pour découvrir où se cache le Minotaure et revenir ici sain et sauf, mieux vaut suivre le fil de l'histoire.* » Réfléchis Noétios !

— Le fil de l'histoire, répète le Balafré.

— Ça veut dire que... non. Je ne vois pas, s'exclame le Manchot qui renifle toujours.

— Histoire ? Tu dois inventer une histoire de labyrinthe, propose Barbe grise.

— Ou de monstre ? s'écrie le Borgne. Minotaure : monstre de Minos. Poséidaure : monstre de Poséidon ? tente-t-il.

— Allez Noétios, donne-nous la solution ! réclament certains.

— Au début, je suis comme vous, je retourne cet indice dans ma tête et puis tout devient clair : Suivre le fil ? Mais bien sûr ! leur explique Noétios, je dois dérouler un fil dans le labyrinthe pour me repérer, si je veux retrouver facilement l'entrée, en revenant sur mes pas. Et Noétios dessine sur le sable un labyrinthe.

— Regardez !

Les marins se lèvent pour mieux voir.

— Si je passe par ici, je suis bloqué, par là aussi, et de ce côté encore ; là, il y a une issue. Je continue donc mon chemin en laissant le fil sur le sol.

— Et tu as trouvé le Minotaure ? l'interroge un jeune matelot.

Mais Noétios ne lui répond pas.

— Mettez du bois dans le feu ! demande-t-il. Et pendant que tous s'affairent et reprennent bientôt leur place, Noétios disparaît dans la pénombre.

— Noétios ? Où est-il passé ?

— No-é-tios !... appellent les marins, surpris.

Soudain, dans un horrible grognement, le Minotaure surgit devant eux. La lueur des flammes projette l'ombre immense de ses cornes sur leurs visages. Le monstre piétine le sol comme un taureau prêt à charger. Il agite sa tête, l'œil fou, les naseaux de son mufle noir soufflent du feu. Tous, instinctivement, reculent devant la bête, dont le corps humain est recouvert de poil. Le Minotaure pour les impressionner frappe de ses poings son poitrail musclé, tourne sur lui-même...

— Un masque ! C'est un masque ! crient soudain les plus perspicaces.

— Tu nous as fait peur, Noétios, avouent-ils, rassurés, tu l'as vu en vrai alors ?

— Oui j'ai vu le Minotaure comme je vous vois... C'est une bête et un homme à la fois

— Raconte Noétios ! Raconte...

— Souvenez-vous, Poséidon m'a entraîné dans l'ancien palais de Minos pour savoir si j'étais malin... plus malin que l'ingénieux architecte Dédale peut-être ?

— Et tu l'es ! l'interrompt joyeusement son auditoire.

— Si vous le dites ! rit Noétios en posant son masque sur le sable. Après bien des tours et des détours, continue-t-il, je me retrouve donc au centre du labyrinthe où le Minotaure m'attend.

C'est lui qui m'a raconté cette histoire, écoutez plutôt et surtout n'en perdez pas le fil :

— Noétios, ne trahis jamais Poséidon ! m'avertit le Minotaure, car si Minos avait respecté le plus grand des dieux, je ne serais pas cette créature immonde que tu vois. Tout commence à la mort du roi de Crète, Astérion. Comme il n'a pas de fils, plusieurs prétendants au trône se présentent. Minos est de ceux-là. Arrogant, sûr de lui, il rappelle au Conseil des sages qui doivent choisir le roi : je suis fils de Zeus et protégé des dieux. Mais cela ne leur suffit pas. Minos demande alors à Poséidon de l'aider.

— À Poséidon mais pourquoi, si Zeus est son père ?

— La Crète est une île, m'explique le Minotaure, et les Crétois d'excellents marins. Le dieu des Mers est un grand dieu pour eux. Ils lui construisent plusieurs temples près du rivage, lui offrent des sacrifices et le prient très souvent.

Flatté donc que Minos s'adresse à lui plutôt qu'à son frère, Poséidon accepte. Et pour prouver que Minos est digne d'être roi, le dieu accomplira un prodige : un taureau blanc comme l'écume surgira des vagues, le lendemain matin.

Aussitôt, Minos jure s'il devient roi de sacrifier l'animal à Poséidon pour le remercier.

Dès l'aube, Minos convoque les sages, sur le rivage. Mais ils ronchonnent. Que faisons-nous là les pieds dans le sable, marmonnent-ils entre eux, quand soudain jaillit des profondeurs de la mer un taureau à l'encolure puissante, aux cornes brunes recourbées comme un croissant de lune, au pelage d'un blanc sans taches et aux sabots étincelants.

— Cette bête merveilleuse est un signe du dieu Poséidon ! reconnaissent-ils, convaincus.

Ainsi Minos triomphe et devient roi.

— Mais, ô malheur, il oublie, enfin non, il refuse de sacrifier comme promis à Poséidon, ce taureau magnifique. En réalité, Minos le garde pour son propre élevage, dans les étables royales. Noétios, crois-moi, honore tes promesses et Poséidon, toute ta vie, me met en garde le Minotaure.

Je l'interroge en baissant la voix :

— Poséidon, furieux d'avoir été trahi, se venge, n'est-ce pas ?

— Tu le connais bien, constate le Minotaure. Le dieu se venge sur la femme de Minos, la reine Pasiphaé.

— Mais pourquoi ? Elle n'a rien fait ?

— Les divinités sont cruelles Noétios et la malédiction de Poséidon retombe sur elle. Le dieu en colère menace Minos en déchaînant vents et marées : puisque tu aimes tant mon taureau, ta femme, la reine Pasiphaé, accouchera d'un monstre. Et quelques mois plus tard, la créature repoussante que je suis, moitié homme moitié taureau, voit le jour. Minos m'enferme aussitôt dans ce labyrinthe et affirme de la Crète à la Grèce que je me nourris de chair humaine. D'ailleurs, prétend-il, ses guerriers me livrent comme tribut de guerre versé par les vaincus des jeunes prisonniers et prisonnières athéniens, pour que je les dévore.

Mais c'est faux, je ne mange pas les humains, jamais, moi qui suis homme, pour moitié. Et ma moitié taurine, préfère, elle, l'herbe verte et le trèfle sauvage. Je suis innocent des crimes dont Minos m'accuse. La vérité la voici, me confie le Minotaure : les malheureux errant dans ce piège qui se referme sur eux meurent épuisés de faim et de soif, sans jamais retrouver la sortie du labyrinthe.

— Minos ! Roi maudit ! Mensonges et trahisons !

Poséidon surgissant tout à coup rugit si fort que le Minotaure et moi en tremblons :

— Voilà comment ce roi me récompense et c'est moi le monstre ? Noétios, tu m'écoutes ou tu dors ? me réprimande le dieu ?

Pourvu qu'il n'entende pas que je claque des dents...

— Le Minotaure, j'ai eu tort, ce n'était pas une bonne idée, mais ce qui est fait est fait, reconnaît Poséidon. La reine Pasiphaé n'avait rien contre moi et Minos l'a répudiée pour en épouser une autre. Alors, j'envoie un de mes fils, Thésée, pour me venger et tuer le Minotaure. Thésée est grec, athénien même. Minos, persuadé que son monstre le massacrera, l'envoie donc au fond du labyrinthe. Il oublie que Thésée est le fils du grand Poséidon ! s'énerve le dieu.

— Mais… le Minotaure n'est pas…

— Quoi mais, mais, mais ? Il n'est pas ? Mort ? reprend Poséidon. Un peu d'imagination Noétios, soupire-t-il. Minos me trahit ? À mon tour, je le trahis moi aussi. Écoute un peu :

— Thésée est à peine arrivé en Crète que la fille de Minos, Ariane, en tombe folle amoureuse. Il est beau, c'est un héros, et peu importe à Ariane que les Grecs soient les ennemis de sa patrie. Craignant que le Minotaure ne dévore Thésée, elle lui donne la solution pour sortir du labyrinthe, une fois mon brave Minotaure tué. Tu l'as trouvée toi aussi cette solution Noétios, c'est un fil ou une corde déroulée sur le sol permettant de revenir sur ses pas sans se perdre. Maintenant je résume :

1. Minos me trahit.

2. Minos ment, le Minotaure n'est pas un monstre.

3. Ariane à son tour trahit son père.

4. Elle s'enfuit avec un ennemi, Thésée ; et vogue le navire.

5. Thésée, qui ne l'aime pas, la trahit aussi, en abandonnant Ariane sur une île, avant de revenir à Athènes.

6. Le Minotaure que tout le monde pense mort est bien vivant et il s'amuse à faire peur aux habitants qui croient à un revenant.

Et voilà Noétios, ah si j'oubliais :

7. La reine Pasiphaé se remarie avec je ne sais plus qui et Minos meurt quelques années plus tard ébouillanté.

Tout cela ne serait pas arrivé si Minos m'avait sacrifié comme promis le taureau blanc. Maintenant, raconte-moi qui est le méchant dans cette histoire ? Je veux que dans cent mille ans, on parle encore de Poséidon le plus grand dieu sur Mer comme sur Terre, alors dis la vérité. Le fils de Zeus, Minos, est un traître. Ariane sa fille une traîtresse. Mon fils Thésée est un héros. Et le Minotaure, un gentil monstre ! Cela prouve, Noétios, que le méchant n'est pas forcément celui que l'on croit.

Je fais oui, oui, de la tête et le Minotaure aussi.

— Demain matin, ajoute Poséidon, tu rejoindras ton navire ; tes compagnons en se réveillant ne se souviendront ni de la tempête ni de cette escale sur l'île de Polyphème ni d'avoir débarqué en Crète. Ne leur dis rien. Reprenez la mer et rentrez chez vous. Un jour, tu révéleras au monde entier qui je suis. Et gare à toi si tu mens ! Mais j'ai confiance en toi ! Adieu Noétios, mon royaume m'attend.

— Je bafouille, impressionné : Adieu grand dieu ! (Ce qui je l'avoue n'est pas très imaginatif !) Tard dans la nuit, le Minotaure me confiera qu'il s'ennuie tout seul dans ce labyrinthe. Plus personne ne vient le voir et ça ne lui sert à rien maintenant de grogner tout le temps. Heureusement, il fabrique des masques à tête de taureau pour les marins qui débarquent en

Crète, un petit souvenir en quelque sorte de la grande époque où il faisait peur.

— Qui t'a donné le tien Noétios ? l'interroge un vieux marin.

— Il appartenait au Minotaure, lui affirme-t-il.

— Sa tête est recouverte d'un masque ?

— Non, le Minotaure a vraiment une tête de taureau.

— Et tu affirmes que ce n'est pas un monstre !

— Tu vois bien qu'il n'est pas méchant, s'énerve le Balafré, sinon Noétios ne serait pas là, ce soir à la veillée. Réfléchis tête de hareng !

— Et toi, tête de rat !

— Tête de cochon !

Et, dans un fou rire général, tous les marins se bousculent autour de Noétios pour essayer le fameux masque du Minotaure en poussant des grognements.

— Mes amis ! crie Noétios pour se faire entendre, si vous aimez les histoires d'amour, venez à la veillée demain soir. Mais je vous préviens, souvent elles finissent mal...

— L'amour, l'amour, chantent les marins en dansant autour du feu. Noétios compte sur nous, nous serons tous là !

7

DERNIER SOIR : EN SOUVENIR DE MÉDUSE

Le feu monte déjà dans le ciel clair lorsque Noétios s'assoit sur le sable pour la veillée. Les marins l'ont attendu patiemment.

— Mes amis, leur dit-il, demain vous partirez sur vos navires rapides en emportant avec vous les aventures de Poséidon. N'oubliez jamais quand vous affronterez les tempêtes ou débarquerez sur un rivage inconnu que votre bonheur comme votre malheur dépend des dieux. Soyez prudents et rusés, ne vous laissez pas séduire par la mer car elle est changeante et capricieuse. Souvenez-vous que seul votre raconteur d'histoires qui se tient ici devant vous est revenu vivant du royaume des Océans.

— Noétios, pourquoi es-tu si grave tout à coup ? Tu nous as pourtant promis une histoire d'amour, l'interpelle le vieux coureur de mer.

— Est-ce qu'elle fait peur ? le questionne un matelot.

— Silence ! crie le Borgne.

— Allez Noétios, commence !

— Promettez-moi tous que vous ne répéterez à personne ce que vous entendez maintenant.

— Promis !

— Eh bien voilà, leur confie Noétios en baissant la voix prudemment, Poséidon tombe souvent amoureux. Dès qu'il aperçoit une belle jeune fille, son cœur bat plus fort et aussitôt il la désire, allant même jusqu'à la poursuivre pour se faire aimer. Un jour donc, il découvre assise au bord du rivage Méduse, la fille du roi Phorcys, une divinité de la mer. Et c'est le coup de foudre ! Méduse est d'une telle beauté, son visage si doux avec ses grands yeux noirs, un nez fin, une bouche comme un bouton de rose et des cheveux longs et ondulés magnifiques, comment ne pas l'aimer ? Poséidon la trouve charmante, surtout lorsqu'elle sourit de ses petites dents laiteuses comme la lune. « Méduse, Méduse », soupire jour et nuit Poséidon. Pour la séduire, il surgit de la mer sur son char tiré par quatre chevaux blancs et galope sur les vagues déchaînées. Une autre fois, le dieu tresse ses cheveux bleus d'une guirlande de coquillages, taille coquettement sa barbe et s'approche d'elle doucement. Mais Méduse ne le regarde même pas. Dès le coucher du soleil, il lui chante un poème d'amour mais elle se bouche les oreilles.

— Méduse ! Méduse ! s'énerve Poséidon, je t'aime et te dévore des yeux depuis plus d'une semaine, maintenant je te veux ! Sois mienne et je serai ton dieu !

Et cela dit, il lui offre un bouquet d'anémones des mers. À vrai dire, Méduse a un peu peur de lui, de ce dieu bleu gigantesque au caractère imprévisible dont la voix tour à tour gronde ou devient caressante, et elle s'enfuit. Poséidon la rattrape, l'attire à lui, l'embrasse, s'unit à elle et, dans un élan passionné, il s'écrie :

— Ma Méduse, tu es si belle, plus belle mon amour que la déesse Athéna.

— Quoi ! s'étrangle aussitôt la fille de Zeus qui a tout vu tout entendu. Ah, Méduse est plus désirable que moi !

Et Athéna transforme la jeune fille en la plus hideuse des créatures.

— Poséidon, qu'as-tu dit, qu'as-tu fait, s'écrie la malheureuse.

Elle court se cacher chez son père. Porcys ne la reconnaît pas et se sauve en tremblant. Les cheveux de Méduse ne sont plus que serpents qui se tordent en sifflant. Ses yeux brillent d'un éclat terrifiant.

— Désormais, quiconque croisera le regard de Méduse sera aussitôt pétrifié, s'égosille la déesse, vexée.

— Athéna ! s'emporte Poséidon, levant son poing vers l'Olympe, je te déteste ! Tu m'entends ? Tu me le paieras !

— Ah oui, eh bien on verra. Je ne serai vengée que lorsque la tête de ta bien-aimée ornera mon bouclier, ricane-t-elle, les armes à la main, en disparaissant dans l'Olympe.

— C'est ça, va tout raconter à ton père, riposte Poséidon, vert de rage. Il remonte sur son char et plonge vers son royaume.

— Qu'est-ce qui se passe ? l'interroge Amphitrite lorsqu'elle retrouve dans la grande salle du palais Poséidon les cheveux et la barbe en bataille, l'œil furieux.

— Rien, marmonne le dieu, c'est Athéna !

— Encore ! réplique Amphitrite, mais quand cesserez-vous de vous battre ! Ramasse ton trident, tu l'avais oublié sous ton trône, à moins qu'un trident soit moins séduisant à offrir qu'un bouquet pour faire la cour à une jeune fille...

— Mais, mais Amphitrite, bafouille Poséidon.

— Tu n'as que ce que tu mérites ! lui lance-t-elle avant de se retirer dans ses appartements.

— Pauvre Méduse, elle était si belle et ses cheveux quelle merveille, se morfond Poséidon. Pourquoi mes histoires d'amour se terminentelles toujours mal chaque fois qu'Athéna s'en mêle ?

— Je ne sais pas si je peux vous raconter la suite tant elle est cruelle, confie Noétios aux marins.

— Plus sanguinaire que celle du cyclope, insiste le Balafré.

— Ou que celle du Minotaure reprend le vieux coureur de mer.

— Oh oui ! soupire Noétios.

— Vas-y Noétios ! Raconte. Tu sais bien que nous n'avons peur de rien.

— Tant pis pour vous, les prévient Noétios : Souvenez-vous, la belle Méduse a été métamorphosée en une horrible créature. On dit même que semblable à ses sœurs les Gorgones, sa tête est devenue énorme et que deux défenses de sanglier lui déforment la bouche. Quant à son cou, il est recouvert d'écailles comme les serpents qui grouillent dans sa chevelure. Ses mains sont aussi dures que du bronze. Ses yeux vous glacent le sang si vous croisez son regard, vous transformant aussitôt en une statue de pierre. Mais si ses deux sœurs sont immortelles, Méduse elle ne l'est pas. Athéna le sait et tient là sa vengeance. Elle aidera Persée, le fils de Zeus et de Danaé, une mortelle, à la tuer.

Persée et Danaé ont été recueillis autrefois par le roi Polydectès mais, désormais, il cherche à se débarrasser du fils pour épouser sa mère. Une histoire sordide qui arrange bien Athéna car Polydectès exige de Persée qu'il lui prouve son courage en lui rapportant la tête de Méduse. Du haut de l'Olympe, les dieux s'indignent : quel héros pourrait accomplir un tel prodige ?

— Et comme d'habitude tous se sont ligués contre moi !

La voix de Poséidon interrompt subitement Noétios.

Elle résonne dans la nuit. Aussitôt, le vent se lève dans un tourbillon de sable, le feu s'embrase, éclairant soudain les marins terrifiés qui se taisent et n'osent plus bouger.

— Laisse-moi raconter la fin de cette histoire, reprend le dieu. Toi Noétios et vous tous ici, jugerez de la traîtrise ou non d'Athéna !

— Chacun des dieux procure à ce Persée un instrument magique, leur explique Poséidon. Il lui permettra de triompher sans danger des Gorgones. Hermès lui donne des sandales ailées pour voler. Le dieu Hadès, un casque qui a le pouvoir de rendre invisible celui qui le porte. Athéna lui remet un bouclier aussi poli qu'un miroir, pour que Persée ne croise jamais le regard de Méduse ou de ses sœurs, mais juste le reflet de leurs yeux, à condition d'obtenir en retour la tête de sa rivale. Ainsi paré, continue Poséidon, et le sol tremble à sa voix, tout le monde aurait réussi ; même sans être le fils de Zeus ni le protégé de sa fille. En vérité, ce Persée n'est pas très courageux. Après bien des péripéties, il profite du sommeil de Méduse pour lui trancher la tête et l'offre à Athéna. La cruelle triomphe et pour effrayer ses ennemis la cloue aussitôt sur son bouclier.

Ô Méduse, parce que je t'ai aimée, tu es devenue un monstre. Parce que je t'ai embrassée, tu es morte assassinée. Mais de notre amour passionné est né le plus beau cheval qu'un dieu pouvait créer. Car du sang coulant à grands flots de ton cou autrefois si fragile surgit Pégase, le coursier aux ailes blanches plus légères que le vent. Notre fils est un hommage à ta beauté perdue. Il vole libre dans le ciel étoilé. Ô Pégase, toi qui, du bout de ton sabot, fais jaillir les sources d'eaux vives, inspires les poètes et Noétios mon raconteur d'histoires, pour qu'à travers le temps ton nom résonne comme un hymne à l'amour, murmure Poséidon ému, avant de rejoindre la mer.

— Regardez ! s'écrie Noétios.

Des plumes blanches volettent au-dessus de leurs têtes

— Pégase ! s'exclament les marins bouleversés, ne sachant plus très bien si Poséidon était vraiment parmi eux ou si c'est Noétios qui leur parlait.

— Et là-haut dans les étoiles, la constellation de Pégase ! montre d'un doigt tremblant Petit.

— Buvons à nos amours ! lance Zoreille.

— À Poséidon, notre grand dieu, ajoute un jeune matelot.

— À Noétios qui nous a fait rêver pendant toutes ces veillées, propose le Manchot sans renifler, pour une fois.

Ah croyez-moi, cette nuit-là est une nuit d'ivresse ! Le feu brûle jusqu'au petit matin et les hommes chantent à en perdre la voix. Quand l'aurore teinte de rose la crête des vagues, tous se séparent. Ils poussent leurs navires rapides dans la mer, embarquent vers d'autres aventures.

— Noétios, lancent les marins une dernière fois avant de hisser la voile, nous reviendrons bientôt t'écouter à la veillée !

— Mes amis, que Poséidon vous protège ! Revenez vite et je vous raconterai...

Mais sa voix se perd dans le vent du large et le cri des grands goélands.

— Tsssi Tssi Noétios, lui rappelle alors Poséidon en lui tapant sur l'épaule, finalement j'ai changé d'avis, ce n'est pas fini ! J'ai encore cent mille de mes exploits divins à te faire découvrir. En route ! Monte sur mon char ! Et n'oublie pas ton sac à histoires.

C'est ainsi que depuis des millénaires, Noétios parcourt toujours le royaume des Mers, débarque sur des îles inconnues, rencontre des monstres sanguinaires, croise des créatures d'une beauté extraordinaire en compagnie de Poséidon, pour le plus grand plaisir de tous les marins de la Terre.

NORD COMPO
multimédia

Composition et mise en pages
Nord Compo à Villeneuve-d'Ascq

Imprimé à Barcelone par:

BLACK PRINT

N° d'édition : L.01EJEN001371.C002
Dépôt légal : mars 2017
Loi n° 49-956 du 16 juillet 1949
sur les publications destinées à la jeunesse